Percy Bysshe Shelley

Der entfesselte Prometheus

deutsch von Albrecht graf Wickenburg

Percy Bysshe Shelley

Der entfesselte Prometheus
deutsch von Albrecht graf Wickenburg

ISBN/EAN: 9783337383633

Hergestellt in Europa, USA, Kanada, Australien, Japan

Cover: Foto ©Andreas Hilbeck / pixelio.de

Weitere Bücher finden Sie auf **www.hansebooks.com**

Der entfesselte Prometheus.

Lyrisches Drama in vier Akten

von

Percy Bysshe Shelley.

Deutsch von

Albrecht Graf Wickenburg.

Wien, 1876.

Verlag von L. Rosner.

Tuchlauben Nr. 22.

Ferdinand Kürnberger

zugeeignet.

Vorwort des Uebersetzers.

~~~~

Es gibt weltberühmte Namen, die gleichwohl für die Mehrzahl selbst der Gebildetsten nicht mehr bedeuten, als eben einen Namen — also „Schall und Rauch". Man hat sich daran gewöhnt sie mit Ehrerbietung auszusprechen und weiß in der Regel nicht mehr von ihnen, als uns eine anekdotenhafte Tradition vom äußern Lebenslaufe ihrer Träger übermittelt hat. Zu jenen wenig gekannten Berühmtheiten gehört in erster Linie Percy Bysshe Shelley. Die Literatur= geschichte hat ihn längst auf ein riesiges Piedestal erhoben und dort ragt er nun so hoch, daß die Vorübergehenden meist unter ihm wegsehen, zumal es schon eines tüchtigen Halsreckens und einer gehörigen Anstrengung der Sehkraft bedarf, um die hehre, in einen leichten Nebelschleier gehüllte Gestalt des großen Britten voll ins Auge zu fassen.

In England freilich hat in den letzten Jahren in Bezug auf Shelley ein erfreulicher Umschwung stattgefunden: Das heutige England beeilt sich, die große Ehrenschuld zu tilgen, die das „bigotte Albion" der ersten Hälfte unseres Jahr= hunderts auf sich geladen, da es seine beiden größten Lyriker, Byron und Shelley, in hochkirchlicher Engherzigkeit wegen ihrer „Freigeisterei" verstoßen und verlästert hat. Die junge Dichtergeneration Englands zollt den Manen Shelley's enthusiastische Verehrung, und sein tiefgehender Einfluß auf ihre Entwicklung wäre leicht nachzuweisen. In Deutschland hingegen hat sich in dieser Hinsicht noch immer nicht viel gebessert.

Zwar sollte man glauben, daß das „Volk von Dichtern und Philosophen" dem brittischen Dichterphilosophen mehr Sympathie und Verständniß entgegenbringen müßte, als seine eigenen, über und über realistischen Landsleute, und wenn auch dem metaphysischen Zuge in Shelley's Poesie die Haupt=schuld beigemessen werden muß, weßhalb sie wohl niemals in die Massen bringen wird, so sollte es doch im Vaterlande Kant's und Schiller's kaum einen wahrhaft Gebildeten mehr geben, dem Shelley's Dichtungen eine völlige terra incognita sind. Demungeachtet ist bei uns die Shelley = Verehrung noch immer auf eine winzige andächtige Gemeinde beschränkt und die Wenigsten wissen auch nur über den Grundzug seines Wesens Bescheid. Nur allzuhäufig wird Shelley mit Byron zu den „Pessimisten", zur sogenannten „Schule der großen Verzweifelten" gezählt, während uns doch schon die ober=flächlichste Bekanntschaft mit seinen Dichtungen — und speciell mit der vorliegenden — darüber belehren muß, daß es nie einen Dichter gegeben hat, der, bei allem Zorn und Mißmuth, mit dem er sich von Vergangenheit und Gegenwart abge=wendet, das Banner des Ideals zukunftsfreudiger und ver=heißungsvoller geschwungen, als er. War Schopenhauer der Apostel des „Pessimismus", so kann Shelley der Evangelist des „Optimismus" genannt werden, und sein „Prometheus" predigt dieses Evangelium mit Feuerzungen. Aber auch in schlichter Prosa liegt uns hierüber ein werthvolles Zeugniß vor. Wie wenig Shelley thatsächlich Pessimist war, erhellt am schlagendsten aus folgenden Worten seiner Gattin, Mrß. Mary Shelley:

„Der hervorstechendste Zug in Shelley's Theorie von der Bestimmung des Menschengeschlechts war der, daß das

Böse in dem System der Schöpfung nicht inhärent (inherent) sei, sondern etwas Zufälliges, das wieder ausgeschieden werden könnte. Dies bildet auch einen Theil des Christenthums: Gott machte die Erde und den Menschen vollkommen, bis dieser durch seinen Fall

„„Den Tod bracht' in die Welt und alles Weh'.““

Shelley meinte, die Menschheit brauche nur zu wollen, daß es kein Böses gebe und es würde keines geben. Daß der Mensch einen Grad der Vollkommenheit erreichen könne, der ihn befähigte, das Böse aus seiner eigenen Natur und aus dem größten Theile der Schöpfung zu bannen, war der Cardinalpunkt seines Systems." —

Das klingt wahrhaftig nicht, wie das Glaubensbekenntniß eines Verzweifelnden! —

Um wie viel besser ist Byron in Deutschland gekannt! — Während die Zahl der Byron-Uebersetzer bei uns bereits Legion zu werden droht, harren wir zur Stunde noch einer, unsern Ansprüchen genügenden deutschen Ausgabe von Shelley's sämmtlichen Werken. Julius Seybt gebührt das unstreitig große Verdienst, im Jahre 1844 die erste — und bis jetzt einzige — Uebersetzung sämmtlicher Dichtungen Shelley's dem deutschen Publicum geboten zu haben, aber sie hat nur allzuwenig Beachtung gefunden und ist heute fast vergessen. Die Seybt'sche Uebersetzung und die verschiedenen Einzelversuche Anderer, wie Prössel, Adolfi ꝛc., entbehren überdies, wie Adolf Strodtmann sagt: „trotz einzelner wohlgelungener Stellen, doch im Ganzen jenes leichten rhythmischen Flusses und jenes poetischen Hauches, welche einzig im Stande sind, das Werk des Uebersetzers annähernd auf die Stufe eines Kunstwerks zu erheben". Dem trefflichen, unermüdlichen Strodtmann selbst blieb es vorbehalten, uns mit Shelley's „Ausgewählten Dichtungen" in ausgezeichneter Verdeutschung zu beschenken, er hat aber, aus mir unbekannten Gründen

ben „Entfesselten Prometheus", den ich für Shelley's tief=
finnigste Dichtung halte,*) in seine Auswahl nicht einbe=
zogen. Ich würde mich glücklich schätzen, wenn der Versuch
einer Uebersetzung dieses Dramas, den ich hiemit der Oeffent=
lichkeit übergebe, würdig erachtet werden sollte, der Strodt=
mann'schen Ausgabe als Supplement zu dienen.

Ich verzichte umsomehr darauf, hier eine Biographie
des Dichters zu geben, als ja der Leser eine solche der
Strodtmann'schen Ausgabe, die ich allzugerne in seinen Händen
wüßte, vorangedruckt findet. Auch darf ich Shelley's überaus
romantischen Lebenslauf, der selbst ein Gedicht genannt werden
könnte, als bekannter voraussetzen, denn seine Werke.

Wer sich aber über die richtige Werthschätzung Shelley's
Raths erholen will, der lese die herzerhebenden Worte, die
der rastlose Kämpe der Humanität, unser wackerer Johannes
Scherr, sowohl in seiner „Allgemeinen Geschichte der Litera=
tur" als in seiner Specialgeschichte der englischen Literatur
über Shelley geschrieben. Auch sollte Keiner verabsäumen,
den von tiefem Verständniß und hinreißender Begeisterung
zeugenden Abschnitt zu lesen, den der ausgezeichnete dänische
Literarhistoriker G. Brandes in dem jüngst erschienenen
vierten Bande seiner „Hauptströmungen der Literatur des
neunzehnten Jahrhunderts" Shelley gewidmet hat.**)

---

*) Welchen Werth Shelley selbst auf diese Dichtung legte, erhellt
aus folgender Stelle eines Briefes, den er nach Vollendung des Dramas
aus Rom geschrieben:

„Mein „Entfesselter Prometheus" ist eben vollendet und in ein
bis zwei Monaten werde ich ihn senden. Es ist ein Drama mit
Charakteren und einem Mechanismus von noch nicht dagewesener
Art und in der Ausführung halte ich es für besser, als irgend einen
meiner früheren Versuche."

**) Abgedruckt in den Nummern 161 bis 165 der Augsburger
„Allgemeinen Zeitung", Jahrgang 1875.

Indem ich mich nun unserm Stücke selber zuwende, will ich den Leser mit einem schwerfälligen „Commentar" verschonen und mich damit begnügen, ihm die nothwendigsten Directiven zu geben.

Wer an die Lectüre von Shelley's „Entfesseltem Prometheus" geht, begebe sich von vorneherein aller Ansprüche, die man an ein regelrechtes „Drama" zu stellen pflegt. Der Dichter selbst hat diese Ansprüche durch die Bezeichnung „Lyrisches Drama" zurückgewiesen, und von einer eigentlich dramatischen Handlung, von einer kunstgerechten Schürzung und Lösung eines Knotens u. s. w. ist in seinem Werke kaum die Rede. Wer den „Entfesselten Prometheus" unter dem Gesichtspunkte des Dramatikers betrachten wollte, müßte ihn unbedingt als ein völlig zusammenhangloses, zerfahrenes und ins Visionäre zerflatterndes Stück — als ein mißlungenes Product bezeichnen.

Wir haben es hier lediglich mit einer großartigen Allegorie zu thun, bei welcher die dialogisirte Form reine Nebensache ist. Treffend bezeichnet Johannes Scherr dieses „Drama" als einen „Hymnus auf die welterlösende Kraft der Humanität".

Da ich die Prometheus-Mythe als männiglich bekannt voraussetzen darf, wird es genügen, ihre Grundzüge in gedrängtester Kürze zu recapituliren:

Prometheus war nach der griechischen Mythologie einer der Titanen, der Sohn des Titanen Japetos und der Okeanide Klymene. Er schlug sich während des Kampfes der Götter gegen die Titanen zur Partei des Zeus, der mit seiner Hilfe seinen Vater Saturn vom Throne stieß und die Oberherrschaft über die übrigen Götter erlangte. Als es nun aber an die Vertheilung der Güter der Welt ging, wollte der Tyrann des Olymps das Menschengeschlecht nicht nur nicht berücksichtigen, sondern plante sogar dessen völlige Vertilgung und wollte ein neues Geschlecht schaffen. Prometheus, der warme Anwalt der Sterblichen, rettete dieselben vom Untergange, stahl das Feuer vom Himmel, um es seinen Schützlingen dienstbar zu machen, unterwies die Menschen in allen Wissenschaften und Künsten und flößte ihnen die Hoffnung ein, damit sie den Tod nicht zu fürchten brauchten. Zeus, über den Wohlthäter des von ihm verachteten und geknechteten Menschengeschlechts erbost, ließ ihn durch den Hephaistos (Vulkan) an einen Felsen des Kaukasus schmieden, woselbst ihm ein Adler an jedem dritten Tage die Leber abfressen sollte, die stets wieder nachwuchs. Prometheus erduldet diese Qual durch lange Zeit mit erhabener Standhaftigkeit, denn er weiß, daß der Tag seiner Befreiung kommen wird, und endlich kommt Herakles (Herkules), erlegt den Adler und befreit, mit Zeus' Zustimmung, den großen Dulder aus seinen Banden. — Aeschylos hat diese Mythe in einer Trilogie — „Der feuerholende“, „Der gefesselte“ und „Der entfesselte Prometheus“ behandelt, von welcher bekanntlich nur das mittlere Stück auf uns gekommen ist. In Aeschylos' „Entfesseltem Prometheus“ soll die endliche Befreiung des Märtyrers dadurch bewirkt worden sein, daß dieser dem Zeus die Gefahr entdeckte, welche ihm aus seiner beabsichtigten Vermälung mit der Nereïde Thetis erwüchse. Denn dieser Ehe sollte ein Sohn entsprießen, der, stärker als Zeus, seinen Vater vom Throne stoßen würde. Zeus, solcherweise gewarnt, läßt Thetis mit dem Sterblichen Peleus vermälen und Prometheus zum Danke durch Herakles entfesseln.

Shelley verwahrt sich in seiner (nachstehend abgedruckten Vorrede) ausdrücklich gegen die Zumuthung, als habe er das verloren gegangene Stück des Aeschylos wieder herstellen wollen; denn einmal hätte er den Vergleich mit dem großen griechischen Tragiker gescheut, zum Andern aber wäre er auch einer Katastrophe abgeneigt, die zahm genug ist, den

Vorkämpfer der Menschheit mit ihrem Tyrannen zu ver=
söhnen. — Shelley stellt in der That den griechischen Mythos,
die Fabel des Aeschyleischen Dramas, geradezu auf den Kopf.

Sein Jupiter hat sich durch die Fesselung des Prome=
theus, durch dessen weise Rathschläge er seine Herrschaft er=
langt und bisher behauptet hatte, der festesten Stütze seines
Thrones selbst beraubt. Er tappt fortan im Finstern und wird
durch seine rohen Herrschergelüste ins Verderben gestürzt.
Er erfährt nichts von dem verhängnißvollen, dem Prome=
theus allein bekannten Orakelspruch, nach welchem aus seiner
beabsichtigten Ehe mit Thetis sein eigener Verderber ent=
sprießen würde. Wir hören ihn vielmehr zu Beginn des
dritten Aktes seinen Untergöttern mit stolzen Worten ver=
künden, daß er den Bund mit Thetis vollzogen und einen
Sohn gezeugt habe: „Ein seltsam Wunder", das da „ein
Schrecken soll der Erde sein." Dieser Sohn soll, wenn die
Schicksalsstunde kommt, hinabsteigen und die lobernde Flamme
des rebellischen Menschengeistes austreten. In diesem Mo=
mente hat aber auch schon die Schicksalsstunde für den
Tyrannen des Olymps geschlagen. Der „verhängnißvolle
Sohn", vor dessen Anblick das Erdenvolk (Demos) wie vor
einem Gorgonen-Haupte erstarren und in Schreck vergehen
sollte, erscheint in der grausigen Gestalt des „Demogorgon"
vor Jupiter und reißt ihn mit den Worten:

> „Nun steig' herab und folg' mir in den Abgrund!
> Ich bin dein Sohn, wie du's warst des Saturn
> Und mächtiger als du"

in die bodenlose Tiefe.

Mit der hier versuchten Interpretation ist freilich das
Dunkel noch nicht völlig gelichtet, das über der ersten Scene
des dritten Aktes wie eine schwere Nebelwolke lagert. Dem
Leser wird sich zunächst die Frage aufdrängen: Wie kann
der Sohn, den Jupiter eben erst gezeugt haben will, iden=

tisch sein mit Demogorgon, von welchem im bisherigen Verlaufe des Stückes schon wiederholt die Rede war, in dessen Höhle uns der Dichter, in der letzten Scene des zweiten Aktes geführt, und den wir dort ein langes Zwiegespräch mit „Asia" pflegen gehört? Sehen wir denn noch schärfer zu und vielleicht führt uns eine Notiz, die ich in den Aufzeichnungen der Mrß. Mary Shelley finde, auf die richtige Spur!

Mrß. Mary nennt zwar den „Demogorgon" nicht, sie sagt aber, nachdem sie von der Vermälung des Jupiter mit Thetis gesprochen: „In diesem Momente vertreibt ihn die „Urkraft der Welt" (the Primal Power of the world) von seinem usurpirten Thron". — Die Urkraft der Welt ist ein von Ewigkeit Vorhandenes. Da nun aber Demogorgon auf Jupiters Frage:

„Entsetzliche Gestalt! — wer bist du? — sprich!"
antwortet:

„Die Ewigkeit! verlang' nicht grauser'n Namen,"
da überdies Jupiter den von ihm gezeugten Sohn als einen Geist bezeichnet, der körperlos, gefühlt, doch ungesehn im Himmel schwebe und noch seiner leiblichen Gestalt harre, die vom Thron des Demogorgon eben heraufkommen solle, so scheint mir die Lösung des Räthsels darin zu liegen, daß Jupiter die „Urkraft der Welt" mit einem Geist beseelen will, der dem Menschengeiste überlegen sein und ihn vernichten soll. Sobald sich dieser Geist aber mit der rohen Urkraft verbindet, entsteht ein Ungeheuerliches, das dem Gotte selber über den Kopf wächst und ihn ins Nichts versinken läßt. —

Mrß. Mary Shelley erzählt, daß ihr Gatte die Absicht hatte, „Metaphysische Essays" über die Natur des Menschen u. s. w. zu schreiben, die zur Erklärung mancher dunklen Stelle in seinem Prometheus wesentlich beigetragen haben würden. Leider aber ist es dazu nicht mehr gekommen, und einige wenige Notizen und Anmerkungen sind Alles, was wir von seiner Hand hierüber besitzen.

Shelley hatte den „Entfesselten Prometheus" ursprüng- lich mit dem dritten Akte abgeschlossen. Erst einige Monate später drängte sich ihm der Gedanke auf, einen vierten Akt, eine Art von Freuden-Hymnus über die Erfüllung der Pro- phezeiung in Bezug auf Prometheus hinzuzudichten.

Sehr schön und treffend sagt Brandes:
„Shelley's „Entfesselter Prometheus" ist das moderne Gegenstück zu Aeschylos' „Gefesseltem Prometheus". — Diese großartige Dichtung krönt Shelley's ganze Freiheitspoesie. Hier versucht er zum erstenmal mit Erfolg den herrschenden Typus seiner Poesie und seines Zeitalters zu erschaffen. Viele Typen zogen durch sein Hirn: Hiob, Tasso, derselbe Stoff, welcher gleichzeitig Byron und Goethe ergriff. Seine Wahl fiel auf Prometheus. Ueber die Seeen und Ebenen der gleichzeitigen englischen Dichtung erheben sich Byron's Alpen mit seinem „Manfred" und Shelley's Kaukasus mit seinem „Prometheus". Seit die Befreiung des Menschen- geistes ernstlich begonnen ward, beschäftigte dieser Typus alle großen Dichter. Er feiert gegen den Anfang unseres Jahr- hunderts seine Auferstehung in Goethe's, Byron's und Shel- ley's Gehirnen. Goethe's schönes Gedicht schildert den vom Götterglauben losgerissenen Menschengeist in seiner Arbeit und seinem künstlerischen Schaffen, stolz auf seine Hütte, die der Gott nicht gebaut und Menschen formend nach seinem Bilde. Goethe's Prometheus ist der schaffende und freie. Byron's harter, kurzer, glutvoller Vers schildert den Mär- tyrer, der mit zusammengebissenen Zähnen schweigend duldet, dem keine Folter das Geständniß entringen kann, und der

seine höchste Ehre darein setzt, seine Qualen nicht ahnen zu lassen; dieser Titane würde sich niemals, wie der antike, von den Töchtern des Oceans haben trösten lassen oder vor ihnen geklagt haben, — Byron's Prometheus ist der trotzende und gefesselte. Aber Shelley's Prometheus gleicht keinem von ihnen. Er ist der wohlthätige Menschengeist, der wider das böse Princip kämpft, der eine unendlich lange Zeit hindurch von demselben unterdrückt wird und nicht von diesem allein, sondern von allen anderen Wesen, auch von den Guten, welche bethört sind, das Böse für nothwendig und heilsam zu halten; er ist der Geist, der nur eine Zeit lang, wenn auch noch so lange — gefesselt und geknebelt werden kann, der aber eines Tages zum Entzücken des Weltalls befreit wird, der siegreiche, der erlöste, der vom einstimmigen Jubelgesang aller Himmelskörper begrüßte Prometheus. — Er ist selbst in seinen Qualen vollkommen ruhig, denn er weiß, daß Jupiters Herrschaft nichts anderes und nicht mehr ist, als eine Periode im Leben der Welt. Darum möchte er den schwarzen Abgrund, in welchem er verschmachtet, nicht gegen die wollüstige Freude am Hofe Jupiters vertauschen. Als die Furien ihm in die ewig-schlaflosen Augen lachen, antwortet er:

„Ich will nicht wägen, was ihr Böses thut,
Nur was ihr leidet, da ihr böse seid."

Wie ganz anders würde ein Byron'scher Prometheus geantwortet haben! — Er ist ganz Liebe — zu seinen Feinden, zu den Menschen. Und der Trotz hat nicht das Herz des Titanen der sanften Liebesneigung verschlossen. Er gedenkt in seinen Qualen seiner Braut, ihrer,

„Die, wenn sein Dasein überströmte, glich
Dem gold'nen Kelch für einen edlen Wein."

Asia ist die den Titanen liebende Natur. Sie ist das Kind des Lichts, eine lebendige Liebesglutgestalt, deren Lippen,

wie Panthea singt, mit ihrer Liebe den Geist zwischen ihnen
entzünden und deren Lächeln die kalte Luft zu Feuer macht.
Als daher die Zeit der Qualen und der Ungerechtigkeit um
ist, sinkt Jupiter feig und verachtet, kläglich den Prometheus
um Gnade anflehend, in den Abgrund hinab. Das prome-
theische Zeitalter beginnt und die Luft verwandelt sich in
einen Ocean ewiger und herrlicher Liebesmelodien. Der
schwere, dumpfe Jubel der Erde wechselt ab mit dem trun-
kenen Seligkeitsliede des Mondes, bis das All in einen
Freudenhymnus zusammenklingt, den der Hymnus Beethoven's
am Schlusse der neunten Symphonie nicht überbietet."

An einer andern Stelle sagt Brandes:

„Im Prometheus öffnet Shelley die Himmelskörper,
wie der Botaniker eine Blume öffnet. Im vierten Akt
schildert er die Erde durchsichtig, wie Krystall und all' ihre
Schichten übereinander, ihre Feuerwogen, ihre ungeheuren
Quellen, aus denen das Meer getränkt wird, ihre Ver-
steinerungen, begrabenen Trophäen, Ruinen und Städte und
Shelley's Genius umschwebt sie, athmet den starken Duft
der Wälder ein und sieht das smaragdgrüne Licht, das die
Blätter zurückwerfen und hört die wilde Musik der Sphären.
Aber die Erde ist ihm kein Aggregat; sie ist ein lebendiger
Geist, in dessen unbekanntem Innern eine ewig unvernommene
Stimme schlummert, deren Schweigen unterbrochen wird,
wenn sich die Bande des Prometheus lösen. — Als Jupiter
in den Abgrund gestürzt ist, stimmen Erde und Mond einen
jauchzenden Wechselgesang an, einen Hymnus ohne Gleichen.
Die Erde jubelt über ihre Befreiung von der Göttertyrannei,
der Mond singt der Erde seine glühende ekstatische Liebes-
erklärung zu, er schildert, wie still und stumm er wird, wenn
der Schatten der Erde auf ihn fällt und ihn bedeckt, und
wie er dann voll Liebe zu der schönen Erde sei. Seine

Unfruchtbarkeit hört auf, lebendige Blumen entsprießen auf seiner Oberfläche, er hört Musik in Meer und Luft, während ihn beschwingte Wolken umschweben, schwer von dem Regen, von dem seine jungen Knospen träumen und er jubelt: „Das ist Liebe, alles ist Liebe!“ — Die Phantasie Shelley's löst das ganze Naturleben auf und freut sich mit der Naivetät eines Kindes über jedes einzelne Element!“

An dunklen Stellen bleibt Shelley's „Prometheus“ bei alledem reich und ich muß den Leser ausdrücklich bitten, nicht für jeden schwer zu deutenden Vers den Uebersetzer verantwortlich zu machen, der sein ganzes Augenmerk auf größtmögliche Klarheit des Ausdrucks gerichtet hat.

Shelley's Prometheus bietet keine mühelose Lectüre, aber wer Gedankenarbeit nicht scheut, wird sich für seine Mühe sicherlich belohnt finden.

Es ist heute freilich nicht Jedermanns Sache, allegorische Poesie zu genießen, aber wer die Dichtung Shelley's wegen ihres metaphysischen Zuges verdammen wollte, der müßte auch die Genußfähigkeit für Dante's „Divina Commedia“ eingebüßt haben, und daß der „Entfesselte Prometheus“ bei allem dantesken Dunkel auch von einem Hauch dantesker Größe durchweht ist, wird Keiner leugnen können, der ihn gelesen hat.

Vorrede des Dichters.

~~~~

Audisne haec Amphiarae, sub terram´ abdite?

~~~~

Die griechischen Tragiker, die ihren Vorwurf der natio=
nalen Geschichte oder Mythologie entlehnten, pflegten denselben
mit einer gewissen Freiheit zu behandeln. Sie erachteten sich
weder an die gewöhnliche Auffassungsweise gebunden, noch
glaubten sie ihren Mitbewerbern und Vorgängern in Titel und
Handlung ihrer Dramen folgen zu müssen. Solch' ein Ver=
fahren wäre in der That einem Verzichte auf das Stre=
ben, die Mitbewerber zu überflügeln gleichgekommen — ein
Streben, welches ja die Production hervorrief. So wurde
denn die Geschichte des Agamemnon auf der athenensischen
Bühne in ebenso viel Variationen als Dramen dargestellt.

Ich habe mich einer ähnlichen Freiheit bedienen zu
dürfen geglaubt. In Aeschylos' „Entfesseltem Prometheus"
kommt die Versöhnung des Zeus mit seinem Opfer um den
Preis der Entdeckung zu Stande, welche dem olympischen
Thron aus der Vermälung mit Thetis zu erwachsen droht.
Dieser Auffassung gemäß wird Thetis mit Peleus vermält
und Zeus läßt den Titanen durch Herakles entfesseln. Hätte
ich mein Drama diesem Vorbilde nachgebildet, so würde
ich damit nur einen Versuch gemacht haben, das verloren
gegangene Drama des Aeschylos wieder herzustellen — ein

Ehrgeiz, welchen — wenn ihn auch meine Vorliebe für diese Behandlungsweise des Stoffes erregt hätte — wohl der Gedanke an den hohen Vergleich herabgestimmt haben würde, den ein solcher Versuch nothwendig herausfordern mußte. — In Wahrheit aber war ich einer Katastrophe abgeneigt, die schwächlich genug ist, den Vorkämpfer der Menschheit mit ihrem Unterdrücker zu versöhnen. Das sittliche Interesse an der Handlung, welches durch die Leiden und die Standhaftigkeit des Titanen so mächtig erregt wird, müßte vernichtet werden, wenn wir uns ihn denken könnten, wie er seine hohen Worte zurücknimmt und sich vor seinem siegreichen und meineidigen Gegner beugt. Das einzige Geschöpf der Phantasie, welches bis zu einem gewissen Grade dem Prometheus gleicht, ist Satan, und Prometheus ist meines Erachtens ein weit poetischerer Charakter als Satan; denn abgesehen davon, daß Muth und Majestät, standhafter und ausdauernder Widerstand gegen eine allmächtige Gewalt nothwendige Seiten seines Charakters sind, zeigt er sich auch frei von den Flecken der Ehrsucht, des Neides, der Rache und des Herrschgelüstes, welche das Interesse an dem Helden des „Verlorenen Paradieses" beeinträchtigen. Der Charakter des Satan erzeugt in unserem Geiste eine gefährliche Casuistik, die uns verleitet, seine Fehler gegen seine Leiden abzuwägen und die ersteren zu entschuldigen, weil die letzteren alles Maß überstiegen hatten. In den Gemüthern Jener, die dieses herrliche Phantasiegebilde mit religiösen Gefühlen betrachten, erzeugt es noch etwas viel Schlimmeres. Aber Prometheus ist gleichsam der Typus der höchsten Vollkommenheit des Gemüthes und des Geistes, von den wahrsten und reinsten Motiven nach den besten und edelsten Zielen getrieben.

Dieses Gedicht wurde größtentheils auf den Ruinenhügeln der Bäder des Caracalla geschrieben, inmitten der Blumenwildnisse und Dickichte blühender und duftender

Bäume, welche sich in weitgewundenen Labyrinthen über ihre ungeheueren Plattformen und schwindelhoch in die Luft ragenden Bogen verbreiten. Der klare blaue Himmel Roms, der Eindruck des kräftigen Erwachens des Frühlings in jenem himmlischen Klima und das neue Leben, mit dem es die Seele fast bis zur Berauschung erfüllt, haben mich zu diesem Drama begeistert.

Man wird häufig finden, daß die Bilder, die ich ange=wandt, den Operationen des menschlichen Geistes, oder den äußeren Handlungen, durch welche jene zum Ausdruck ge=langen, entlehnt sind. Dies ist ungewöhnlich in der modernen Poesie, wiewohl Dante und Shakespeare uns eine Fülle von Bildern derselben Art bieten: Dante in der That mehr und mit größerem Erfolge als irgend ein anderer Poet. Aber die griechischen Dichter, denen kein Hilfsmittel, die Sympathie ihrer Zeitgenossen zu erwecken unbekannt war, waren gewohnt, von dieser Macht Gebrauch zu machen und dem Studium ihrer Werke (da mir ein höheres Verdienst wahrscheinlich abgesprochen werden würde) diese Eigenthümlichkeit zuzu=schreiben, möchte ich meine Leser hiemit gebeten haben.

Ein aufrichtiges Wort über den Grad, bis zu welchem das Studium zeitgenössischer Werke meine Dichtung beein=flußt haben möchte, halte ich noch für nöthig; denn dies war ein Gegenstand des Tadels für so manche Dichtungen, die eine weit größere Popularität besitzen und verdienen als die meinen. — Es ist für Jemanden, der in einem Zeitalter mit solchen Schriftstellern lebt, wie sie jetzt in den vordersten Reihen des unseren stehen, geradezu unmöglich, gewissenhaft zu versichern, daß sich seine Sprech = und Denkweise nicht durch das Studium der Werke dieser außerordentlichen Geister modificirt habe. Es ist wahr: Nicht der Kern ihres Genies, wohl aber die Formen, in welchen es sich manifestirt, rühren weniger von der Originalität ihres eigenen Geistes her, als von den Eigenthümlichkeiten der moralischen und intellectuellen Zustände der Geister, inmitten welcher sie hervorgebracht wurden. So besitzt denn eine Menge von Schriftstellern die Form, aber nicht den Geist Desjenigen, welchem nach= geahmt zu haben sie beschuldigt werden; denn die erstere ist eine Gabe des Zeitalters, in welchem sie leben, während der letztere der ursprüngliche Blitz ihres eigenen Geistes sein muß.

Der eigenthümliche Styl kräftiger und umfassender Bilder, der die moderne Literatur Englands auszeichnet, war nicht, als eine 'allgemeine Kraft, das Product der Nach= ahmung irgend eines besonderen Schriftstellers. Die Masse der Capacitäten bleibt zu jeder Zeit wesentlich dieselbe, beständig aber wechseln die Umstände, welche sie zum Handeln anregen. Wäre England in vierzig Republiken getheilt, jede an Bevölkerung und Ausdehnung gleich Athen — jede von ihnen würde — wir haben keinen Grund, es anders zu ver= muthen — alsdann unter Institutionen, die nicht vollkommner waren als jene von Athen, Philosophen und Dichter gleich jenen hervorbringen, welche, wenn wir Shakespeare aus= nehmen, niemals übertroffen worden sind. Wir verdanken die großen Geister des goldenen Zeitalters unserer Literatur dem energischen Erwachen des Volksgeistes, der die älteste und bedrückendste Form der christlichen Religion zu Staub zertrümmerte. Wir verdanken Milton dem Fortschritte und der Entwicklung desselben Geistes; der große Milton war — laßt uns dessen für immer gedenken — ein Republi= kaner und ein kühner Forscher auf dem Gebiete der Moral und Religion. Die großen Schriftsteller unseres eigenen Zeitalters sind, wie wir annehmen dürfen, die Begleiter und Vorläufer noch ungedachter Veränderungen in unseren socialen Verhältnissen oder in den Meinungen, welche diese zusammen= halten. Die Wolke des Geistes entlädt sich ihrer angesam= melten Blitze, und das Gleichgewicht zwischen Institutionen und Meinungen ist nun hergestellt oder im Begriffe, wieder hergestellt zu werden.

Was die Nachahmung betrifft, so ist die Poesie eine darstellende Kunst. Sie schafft, aber sie schafft durch Combinationen und durch Versinnlichung. Poetische Abstractionen sind schön und neu, nicht etwa, weil die Theile, aus denen sie zusammengesetzt sind, nicht schon vorher in der Seele des Menschen oder in der Natur existirten, sondern weil das durch ihre Combination Entstandene eine verständliche und schöne Analogie mit jenen Quellen der Leidenschaften und Gedanken und mit ihrem gleichzeitigen Zustande hat: Ein großer Dichter ist ein Meisterstück der Natur, welches ein Anderer nicht nur studiren sollte, sondern studiren muß. Er könnte ebenso weise und ebenso leicht beschließen, sein Geist solle nicht länger ein Spiegel alles Schönen in der sichtbaren Welt sein, als aus dem Kreise seiner Betrachtung das Schöne bannen, das in den Werken seiner Zeitgenossen enthalten ist. Nur in dem Größten würde der Vorwand, dies zu thun, keine Anmaßung sein — die Wirkung aber wäre selbst bei ihm gezwungen, unnatürlich und wirkungslos. Ein Dichter ist das combinirte Product jener inneren Kräfte, welche das Wesen Anderer verändern, und jener äußeren Einflüsse, welche diese Kräfte erregen und erhalten; er ist nicht eines, sondern beide. Jedes Menschen Seele wird in dieser Hinsicht durch alle Gegenstände der Natur und Kunst modificirt, durch jedes Wort und jeden Gedanken beeinflußt, die er jemals auf sein Bewußtsein einwirken ließ; — sie ist der Spiegel, welcher alle Formen reflectirt und in welchem alle nur eine Form bilden. Poeten nicht anders als Philosophen, Maler, Bildhauer und Musiker sind in einem Sinne die Schöpfer und in einem andern die Geschöpfe ihrer Zeit. Diesem Joche können auch die Höchsten nicht entgehen. Es besteht eine Aehnlichkeit zwischen Homer und Hesiod, zwischen Aeschylos und Euripides, zwischen Birgil und Horaz, zwischen Dante und Petrarca, zwischen Shakespeare und Fletcher, zwischen Dryden und Pope. Jeder hat mit dem Andern eine generische Aehnlichkeit, unter welcher ihre specifischen Unterschiede begriffen sind. Ist diese Aehnlichkeit das Resultat der Nachahmung, so will ich gestehen, daß ich nachgeahmt habe.

Es sei mir gestattet, bei dieser Gelegenheit zu bekennen, daß ich, wie dies ein schottischer Philosoph so charakteristisch bezeichnet, „eine Leidenschaft, die Welt zu reformiren" besitze; welche Leidenschaft ihn dazu getrieben hat, sein Buch zu schreiben und zu veröffentlichen, vergißt er uns zu sagen. Ich, für meinen Theil, wollte lieber mit Plato und Lord Bacon verdammt sein, als mit Paley und Malthus in den Himmel kommen. Aber es ist eine irrige Voraussetzung, daß ich meine Dichtungen lediglich der directen Förderung der Reform widme oder daß ich sie irgendwie als ein geschlossenes System oder eine Theorie des menschlichen Lebens betrachte. Didaktische Poesie ist ein Gegenstand meines Abscheues. Was in Prosa ebenso gut ausgedrückt werden könnte, ist in Versen langweilig und überflüssig. Mein Plan ist bis jetzt einfach der gewesen, die hoch verfeinerte Phantasie der ausgewählteren Leserclassen mit schönen Idealen sittlicher Trefflichkeit vertraut zu machen, im Bewußtsein, daß, ehe die Seele lieben, bewundern, vertrauen, hoffen und dulden kann, systematische Principien moralischer Lebensführung gleich Samenkörnern sind, auf der Landstraße des Lebens verstreut, die der unwissende Wanderer in den Staub tritt, obwohl ihnen die Ernte seiner Glückseligkeit entsprießen würde. — Sollte ich lange genug leben, um meinen Vorsatz auszuführen — nämlich eine systematische Geschichte von jenen Dingen zu schreiben, die mir als die wahren Elemente der menschlichen Gesellschaft erscheinen, so mögen die Anwälte der Ungerechtigkeit und des Aberglaubens sich ja nicht

schmeicheln, daß ich Aeschylos eher als Plato zu meinem
Vorbilde nehmen würde.

Daß ich mit unumwundener Offenheit von mir selbst ge=
sprochen habe, wird bei den Freunden der Wahrheit kaum der
Entschuldigung bedürfen; die Unwahren aber mögen bedenken,
daß sie durch absichtliche Entstellung der Wahrheit mir weniger
schaden, als ihrem eigenen Geiste und Herzen. Welche Talente
immer Jemand besitzen mag, um Andere zu unterhalten und
zu belehren — mögen sie auch noch so unbedeutend sein, er
ist verpflichtet, sie auszuüben. Ist sein Versuch unzureichend,
so laßt es an der Strafe genügen, die in der Nichterfüllung
eines Vorsatzes liegt; möge sich Niemand bemühen, den Staub
der Vergessenheit auf das Werk des Unglücklichen zu häufen;
der Hügel, den man aufthürmen wollte, würde sein Grab
verrathen, das sonst wohl unbekannt geblieben wäre.

Der entfesselte Prometheus.

Personen.

Prometheus.
Demogorgon.
Jupiter.
Die Erde.
Okeanos.
Apollo.
Mercur.
Hercules.
Asia ⎫
Panthea ⎬ Okeaniden.
Ione ⎭
Das Phantom des Jupiter.
Der Geist der Erde.
Der Geist des Mondes.
Geister der Stunden.
Geister, Echos, Faune, Furien.

Erster Akt.

(Scene: Eine Schlucht zwischen eisbedeckten Felsen im indischen Kaukasus. — Prometheus,
an einen Felsen geschmiedet über dem Abgrund. Panthea und Ione sitzen zu seinen
Füßen. — Nacht. — Während der Scene bricht allmälig der Morgen an.)

— —

Prometheus.

Beherrscher du der Götter und Dämonen
Und — bis auf einen — jener Geister all,
Die sich auf glanzerfüllten Welten drängen,
Die du und ich, von allen Lebenden
Allein, mit schlaflos off'nen Augen sehn!
Die Erde sieh von deinen Sklaven wimmeln,
Die für Gebet und preisende Verehrung,
Für Noth und Drangsal du mit Furcht belohnst,
Mit Selbstverachtung und mit eitlem Hoffen,
Dieweil du mich, der ich ein Feind dir bin,
In augenlosem Hasse ließest herrschen
Und, deiner spottend, triumphiren über
Mein Elend und die Ohnmacht deiner Rache!
Dreitausend Jahre schlafgefloh'ner Stunden
Und jeder Augenblick von scharfer Pein
Gezerrt zum Jahr — Tortur und Einsamkeit,
Spott und Verzweiflung — diese sind mein Reich!
Glorreicher ist's, als jenes, über welchem
Du unbeneidet thronst, o mächt'ger Gott!
Allmächtig — hätt' ich's nicht verschmäht zu theilen
Die Schande deiner Thrannei und hienge
Ich hier nicht festgenagelt an den Wall
Des stolzen Berges, der den Adler höhnt,

1*

Schwarz, wintrig, todt und unermessen, ohne
Gras, noch Insekt, noch and'res Thier, noch was
Ans Leben mahnte in Gestalt und Klang.
O weh' mir! wehe! — Pein für ewig! ewig!

Kein Wechsel, keine Ruhe, keine Hoffnung!
Doch ich ertrag's! — Die Erde frag' ich, ob
Die Berge meine Qualen nicht gefühlt?
Den Himmel frag' ich, ob die gold'ne Sonne,
Die Alles schauende, sie nicht gesehn?
Ich frag' die See, in Sturm und Ruh' hier unten
Des Himmels ewig wechselnd Schattenbild,
Ob ihre tauben Wellen sie nicht hörten?
O weh' mir, wehe! — Pein für ewig, ewig!

Die Gletscher hier durchbohren mich mit ihren
Krystall'nen Nadeln, die im Mondlicht frieren,
Die blanken Ketten hier mit ihrer Kälte,
Sie fressen brennend sich in mein Gebein;
Des Himmels schwarzbeschwingter Hund, deß Schnabel
An deinen Lippen sich mit Gift getränkt,
Das nicht sein Eigen, nagt an meinem Herzen
Und formlos narrt, in wandelnden Gesichten,
Gespenstisch Volk mich aus dem Reich des Traums. —
Den Geistern, die die Erde rütteln, ist
Befohlen, aufzureißen meine Wunden,
Die kaum verharschten, wenn die starren Felsen
Sich jählings spalten und dann wieder schließen,
Dieweil sich heulend ihrem Schlund entringen
Die Genien des Sturmes, die zur Wuth
Den Wirbelwind entfachen und den Hagel
In scharfen Schlossen schleudern wider mich.
Und dennoch sind mir Tag und Nacht willkommen,
Ob nun der eine bricht das Nebelgrau
Des frost'gen Morgens, ob die and're leise
Im Sternenmantel steigt am Horizont.
Denn beide führen vorwärts sie die Stunden,
Die flügellosen, kriechenden, und e i n e
Wird d'runter sein, grausamer König du,

Die, — wie der finst're Götzenpriester zerrt
Sein widerstrebend Opfer zum Altar, —
Herbei dich schleppen wird, zu küssen hier
Das Blut von diesen bleichen Füßen, die
Dich treten mögen, wenn sie's nicht verachten,
Den Sklaven, der im Staube liegt, zu treten! —
Verachten? nein! du dauerst mich! — Wie wird
Dein Sturz dich wehrlos durch den Himmel jagen,
Und deine Seele schreckgespalten gähnen,
Gleich einer Hölle d'rin! — Bekümmert sag' ich's
Und nicht in Leidenschaft! — Ich hasse nimmer,
Wie damals, eh' mich Elend weise machte.
Den Fluch, den einst ich gegen dich geschleudert,
Ich widerrief' ihn gern! — Ihr Berge, deren
Vielzüngig Echo donnernd jenen Spruch
Einst durch der Katarakte Nebel trug!
Ihr eis'gen Quellen, starrend hier im Frost,
Die ihr mich bebend hörtet und dann schaudernd
Durch Indien krocht! — Du reinster Aether, den
Die glüh'nde Sonne strahlenlos durchwandelt!
Ihr Wirbelwinde, die mit lahmen Schwingen
Ihr stumm und reglos über'm Abgrund hiengt,
Als Donner, lauter wie der eu're noch,
Den Erdball schütterte mit seinem Schlag!
O hatten damals meine Worte Kraft —
Obgleich ich also nun verwandelt bin,
Daß jeder böse Wunsch in mir erstarb
Und an den Haß selbst das Erinnern schwand —
Laßt ihre Macht nun nicht verloren sein!
Wie war der Fluch? — Ihr Alle hörtet ihn!

Erste Stimme (die der Berge).

Dreimal dreimalhunderttausend
Jahr' auf diesem Feuerball,
Oft wie Menschen, furchtergrausend,
Zitterten wir Berge all. —

Zweite Stimme (die der Quellen).

Donner machten uns versiegen,
Bitt'res Blut sollt' uns beflecken,

Dennoch rannen wir verschwiegen
Durch des Schlachtfeld's wilde Schrecken,
Städte durch und öde Strecken. —

Dritte Stimme (die der Luft).

Seit der Erdball einst erstanden,
Lieh' ich Farben seinen Landen!
Meine heit're Ruhe störte
Mancher Seufzer, den ich hörte. —

Vierte Stimme (die der Wirbelwinde).

Hoch um dieser Berge Kronen
Weh'n wir rastlos seit Aeonen!
Nicht des Donners wilder Zorn,
Des Vulkanes Flammenborn,
Keine Macht hier ringsherum,
Macht' uns je vor Staunen stumm. —

Erste Stimme.

Aber unser Haupt voll Schnee,
Beugt' sich erst vor deinem Weh'!

Zweite Stimme.

Nie zu Indiens Meer bislang
Trugen wir noch solchen Klang!
Ein Pilot, der schlief zur See,
Sprang vom Deck in Todeskrampf,
Hört's und sterbend rief er: „Weh!" —
Toll wie's Meer in Sturmeskampf.

Dritte Stimme.

Nie zum Himmel noch zuvor
Stieg solch Schreckenswort empor,
Das mein stilles Reich zerriß!
Als die Wunde sich geschlossen,
Hatte sich wie Blut ergossen
Ueber'n Tag die Finsterniß!

Vierte Stimme.

Und wir flüchteten uns bang
In die frost'gen Höhlenräume,

Uns verfolgten schwere Träume
Von Ruin und Untergang, —
Hießen schweigen uns zumal,
Ob auch Schweigen Höllenqual.

Die Erde.

Der Klippenhügel zungenlose Höhlen
Schrie'n Wehe! dann, der hohle Himmel gab
Zur Antwort: Weh! — Die purpurschäum'ge Welle
Des Oceans, das Land erklimmend, heult'
Es zu den Winden, die die See gepeitscht,
Und bleiche Völker hörten's bebend: Weh'!

Prometheus.

Ich hör' den Klang von Stimmen, — nicht die Stimme,
Die ich erhob! — O Mutter, deine Söhne
Und du — ihr zürnt ihm, ohne dessen Willen,
Der Alles trägt, ihr unter Jovis Allmacht
Vergangen wär't gleich dünnen Nebelwolken,
Vom Morgenwind entrollt! — Kennt ihr mich nicht?
Mich, den Titanen nicht, der seine Pein
Zum stolzen Wall gemacht gen euren Feind,
Der sonst das ganze All eroberte? —
Ihr grünen Matten an der Felsenbrust!
Ihr Ströme, von der Milch des Schnee's genährt,
Durch frost'ge Nebel unten tief zu schau'n,
Von Wäldern überschattet, die ich einst
Mit Asia durchwandert, Leben trinkend
Ihr vom geliebten Aug': Was zürnt der Geist,
Der euch gebeut mit mir jetzt zu verkehren?
Mit mir, der ich allein gewagt zu hemmen, —
Gleich Einem, der da hemmen wollte ein
Von Furien gezogenes Gefährt' —
Die Falschheit und die Macht deß, der allein
Regiert und mit den Seufzern seiner Sklaven
Euch eure Schluchten füllt und Wasserwüsten? —
Warum gebt ihr mir noch nicht Antwort, Brüder?

Die Erde.

Sie dürfen nicht!

Prometheus.

Wer darf's? O sprich! wer darf's?
Denn wieder hören möcht' ich jenen Fluch!
Ha! welch unheimliches Geflüster dort?
Kaum ist's ein Laut: Es prickelt nur im Ohr,
Dem Blitze gleich, der knistert, eh' er schlägt.
Sprich, Geist! denn deine körperlose Stimme
Verräth allein mir, daß du webst um mich.
So sprich! wie flucht' ich ihm?

Die Erde.

Wie kannst du hören,
Da du die Sprache nicht der Todten kennst?

Prometheus.

Du bist ein Geist, der lebt — als solcher sprich!

Die Erde.

Ich darf nicht sprechen, wie das Leben spricht,
Denn wenn's des Himmels grauser König hört,
So bindet er mich an ein Marterrad,
Noch folternder, als das auf dem ich rolle! —
Ja, du bist klug und gut und ob die Götter
Nicht hören diese Stimme, — du bist mehr
Als Gott, da du so weise bist, als gut!
So höre denn!

Prometheus.

Entsetzliche Gedanken,
Gleich düster'n Schatten jagen durch mein Hirn!
Die Sinne schwinden mir, gleich einem, den
Die Liebe hält umstrickt mit ihrem Taumel
Und dennoch ist's nicht Lust!

Die Erde.

Du kannst nicht hören!
Du bist unsterblich! — Diese Sprache kennen
Nur die, die sterben!

Prometheus.

Was bist du, o Stimme,
So trauervoll?

Die Erde.

Die Erde! deine Mutter,
Durch deren Steingeäder bis hinauf
Zur letzten Fiber noch des höchsten Baums,
Deß dünne Blätter zittern in der Luft,
Die Freude rann, wie Blut durch einen Leib,
Als du gleich einer Ruhmeswolke dich
Von ihrem Busen hobst — ein Geist des Heil's!
Bei deiner Stimme hoben ihre Söhne
Die qualgebeugten Stirnen aus dem Staub,
Und unser allgewaltiger Thrann
Ward bleich, — bis dich sein Donner hier gekettet!
Dann — sieh hier die Millionen Welten brennen
Und rollen rings um uns! — dann sahen die,
Die sie bewohnen wohl, mein Sphärenlicht
Im weiten Aether flackernd fast vergehn;
Die See heult' auf, vom Sturm gepeitscht, und Feuer
Vom Scheitel schneeiger Vulkane sträubte
Sein Furienhaar bis an des Himmels Stirn.
Die Fluren trafen Blitz und Ueberschwemmung
Und blaue Disteln sproßten auf in Städten,
Wo Kröten, die nach Futter suchten, krochen
Durch Zimmer, d'rin die Ueppigkeit gehaust.
Denn Seuche war und Hungersnoth gefallen
Auf Mensch und Thier, bis auf den Wurm herab,
Und schwarzer Mehlthau lag auf Gras und Baum.
Im Korn, im Weinlaub, unter'm Wiesengras
Wuchs giftig Unkraut, das nicht auszurotten,
Ihr Wachsthum hemmend, auf — denn meine Brust
War ausgedorrt von Kummer und mein Athem,
Die dünne Luft, vom Pesthauch angesteckt,
Den einer Mutter Haß auf ihres Kindes
Vernichter einst gehaucht. — Und deinen Fluch?
Ja wohl! ich hört' ihn! — wenn du selber auch
Dich seiner Worte nicht entsinnen kannst,
Nun, meine ungezählten See'n und Ströme,
Die Berge, Höhlen, Winde und die Luft
Und auch der Todten unvernehmbar Volk
Bewahren ihn als einen Zauberspruch.

Wir brüten in geheimer Freud' und Hoffnung
Ob jenen Schreckensworten, doch wir wagen
Sie auszusprechen nicht!

Prometheus.

Ehrwürd'ge Mutter!
Sieh! Alle, die da leben hier und leiden,
Sie nehmen irgend ein Geschenk von dir!
Sei's Blum' und Frucht, sei's holder Töne Klang,
Sei's Liebe, ob sie flüchtig auch — auf all'
Dies laß' mich hier verzichten. — Eins nur bitt' ich:
Die eig'nen Worte weigere mir nicht!

Die Erde.

Du hörst sie noch! — Eh' Babylon ward Staub,
Begegnete mein schon verstorb'ner Sohn,
Der große Magus Zoroaster einst,
Im Garten wandelnd seinem eig'nen Bild!
Und die Erscheinung sah nur er allein.
Denn wisse, daß es zwei der Welten gibt,
Des Lebens und des Tod's: Die eine siehst du,
Die and're aber, die liegt unterm Grab.
Es hausen d'rin die Schatten all' der Körper,
Die leben hier und denken, bis der Tod
Sie all' vereinigt hat auf Nimmerscheiden;
Die Träume all', der Menschen Lichtgedanken,
Und was der Glaube schafft, die Liebe wünscht,
Entsetzliche und seltsam fremde, — doch
Erhab'ne auch und herrliche Gebilde!
Dort bist auch du, ein schmerzgekrümmter Schatten,
Der zwischen eis'gen Bergen hängt, umbraust
Von Stürmen. — All' die Götter wohnen dort
Und all' die Mächte namenloser Welten,
Phantome, riesig, mit dem Herrscherstab,
Heroen, Menschen, wilde Bestien
Und Demogorgon, der so finster blickt
Und endlich er, der oberste Tyrann,
Auf seinem Thron von Flammengold. — Mein Sohn,
Von diesen Einer wiederholt den Fluch,
Der Allen noch erinnerlich! — So ruf'

Denn deinen eig'nen Geist, — ruf' Jupitern,
Ruf Hades oder Typhon, oder wer
Von mächt'gern Göttern, die das Uebel zeugte,
Seit deinem Untergange meine Söhne
Getreten und gequält. — So mag die Rache
Des Allgewalt'gen weh'n durch hohle Schatten,
Wie Regenwind durch die verlass'nen Thore
Verfallener Paläste.

Prometheus.

Mutter laß
Nicht wieder Böses über meine Lippen,
Noch über jene meines Gleichen kommen. —
Phantom des Jupiter, ersteh'! erscheine!

Jone.

Die Ohren decken meine Flügel,
Die Flügel auch die Augen mir,
Doch steigt durch ihre Federhügel,
Durch ihre Silberschatten hier
Ein Bild und Töne klingen.
Du voll Wunden — festgebunden —
Mög's dir nicht Uebles bringen,
Den uns'rer süßen Schwester willen
Wir treu behüten hier im Stillen.

Panthea.

Es klingt, wie Wirbelwinde wild,
Wenn Feu'r und Erdstoß Berge spalten!
Der Ton ist schrecklich, wie das Bild
In sterndurchwob'nen Purpurfalten.
Sein Scepter blassen Gold's,
Im Wolkenflor dort hoch empor
Hebt seine Hand es stolz
Und grausam blickt er, unbewegt,
Wie wer da Leiden s c h a f f t, nicht t r ä g t!

Phantom des Jupiter.

Geheime Mächte dieser fremden Welt!
Was habt ihr mich, ein wesenloses Schemen,
Auf grausen Stürmen denn hieher getrieben?

Welch' ungewohnte Töne sind's, die beben
Auf meinen Lippen, ungleich jener Stimme,
Mit der da unser bleich Geschlecht im Finstern
Die geisterhafte Unterredung hält?
Und du, o stolzer Dulder, wer bist du?

Prometheus.

Entsetzlich Bild! — Wie du bist, muß er sein,
Deß Schatten du uns zeigst! — Ich bin sein Feind,
Bin der Titan! — Die Worte sag', die ich
Vernehmen will — ist deine hohle Stimme
Auch nur gedankenloser Wiederhall!

Die Erde.

Horcht auf! und muß auch euer Echo schweigen,
Ihr grauen Berge, alten Wälder dort,
Ihr Zauberquellen, ihr prophet'schen Höhlen
Und inselreichen Ströme, freuet euch
Zu hören nun, was ihr nicht sprechen dürft!

Phantom.

Ein Geist erfaßt mich und er spricht in mir:
Wie Feuer durch die Donnerwolke zuckt,
So zuckt es nun durch mich!

Panthea.

        Seht nur, wie er
Die mächt'gen Blicke hebt! — Der Himmel oben
Verfinstert sich!

Jone.

        Er spricht — o schützet mich!

Prometheus.

Es ist der Fluch! — ich seh's an den Geberden,
So stolz und kalt — an Blicken voll von Trotz
Und stillem Haß, — an der Verzweiflung seh' ich's,
Die da mit Lächeln spottet ihrer selbst,
Das so zum Grinsen wird. — Doch sprich! o sprich!

Phantom.

„Du böser Feind, ich trotze dir in Ruh'!
Was du vermagst, heiß' ich dich bieten mir!
Thrann der Götter und der Menschheit du,
Ein einzig Wesen beugt sich nicht vor dir!
 Laß deine Qualen auf mich regnen,
 Laß Krankheit, Furcht und Raserei,
 Laß Frost und Feuer sich begegnen
 Zu meiner Pein, — dein Zürnen sei
Der Blitz, der Hagel, sei'n die Furienschaaren,
Die durch die Welt einher auf wilden Stürmen fahren!

Dein Schlimmstes thu'! — die Allmacht ist ja dein!
Bis auf dich selbst und meine Willenskraft,
Ob allen Dingen räumt' ich sie dir ein,
So sende denn, was Menschen Leiden schafft:
 Dein böser Geist mit Qual umstricke
 Sie alle, die mir theuer sind,
 Auf mich und auf die Meinen schicke
 Das Aergste, was dein Haß nur spinnt.
Und also weih' ich dieses Haupt, erhoben,
Schlafloser Pein, dieweil du herrschen mußt dort oben!"

„Du aber, der ein Gott und Herr du bist,
Mit deinem Geist erfüllst die Welt voll Weh, —
Vor dem, was Himmels und der Erden ist,
In Furcht und Ehrfurcht ich sich beugen seh'!
 Fluch dir! — des Dulders Fluch mit Beben,
 Hör', Folt'rer, gleich Gewissensleid,
 Vergiftet Sterben sei dein Leben,
 Die Ewigkeit dein Sterbekleid!
Und deine Allmacht sei die Marterkrone,
Die, brennend Gold, dein schmelzend Hirn umringt zum
         Hohne!"

Kraft dieses Fluch's häuf' Uebelthaten auf
Und Gutes sei zu schau'n verdammt zumal,
Da beides ewig, wie der Welten Lauf,
Wie du und deine Einsamkeit voll Qual!
 Und scheinst du auch das Bild der reinen,
 Erhaben ruh'gen Macht zur Frist,

Die Stunde kommt, da du mußt scheinen,
Was innerlich von je du bist.
Verbrechen häuf' denn, die nicht Früchte tragen,
Und ew'ger Spott soll dich durch Raum und Zeit einst jagen!"

Prometheus.

Sind's meine Worte, Mutter?

Die Erde.

Es sind deine!

Prometheus.

Mich reu'ts! — Ein eitel Wort ist schnell entschwebt,
Und Kummer oftmals blind — so war der meine!
Zu leiden wünsch' ich keinem Ding, das lebt!

Die Erde.

O, weh' mir! weh' mir! weh'!
Daß Zeus dich doch besiegt zuletzt!
Laut heulet, Land und See!
Ihr Wirbelwinde heult entsetzt!
Zerrissen wird der Erde Herz,
Die Antwort tönen euerm Schmerz!
Heult, Geister Lebender und Todter dort,
Gefallen und besiegt ist euer Hort!

Echo.

Besiegt ist euer Hort!

Jone.

Nein, nein! ein leichter Krampf ist's nur,
Noch unbesiegt ist der Titan!
Doch seht! was kommt durch den Azur?
Ob jenes Hügels schnee'gem Plan,
Den gold'nen Flügelschuh am Fuß,
Dem jeder Wind sich beugen muß,
Von rother Federn Wiederschein
Zart angehaucht, wie Elfenbein,
Das ros'ge Glut durchdringt,
Schwebt die Gestalt herab!
Mit ihrer Rechten schwingt
Sie einen Stab
Um den sich eine Schlange ringt.

Panthea.

Der schnelle Bote Jovis ist's — Mercur!

Jone.

Und Jene da mit Hydrahaaren
Und eh'rnen Schwingen auf dem Wind?
Die dort im Zaum gehalten sind
Vom Gott, den zürnen sie gewahren
Und die gleich Dämpfen steigen auf,
Laut schwirrend, ein endloser Hauf?

Panthea.

's ist Jovis wilder Hunde Heer,
Das er mit Blut und Seufzern nährt,
Wenn auf der Schwefelwolke er
Aus seines Reiches Grenzen fährt.

Jone.

Führt er hinweg sie von der magern Weide
Des Tod's, zu füttern sie mit neuem Leibe?

Panthea.

Wie immer, fest, nicht stolz blickt der Titan!

Erste Furie.

Ich witt're Leben, ha!

Zweite Furie.

O laßt mich nur
In seine Augen sehn!

Dritte Furie.

Die Hoffnung, ihn
Zu quälen riecht, wie für den Aesergeyer
Ein Haufe Leichen riecht nach einer Schlacht!

Erste Furie.

Du zögerst, Herold? — Auf, ihr Höllenhunde!
Wie wär's, wenn uns der Sohn der Maia bald
Zum Futter diente und zur Jagd? Wer kann
Da lange dem Allmächtigen gefallen?

Mercur.

Packt euch zurück in eure Eisenzwinger
Und knirscht mit euren futterlosen Zähnen,
Am Strom des Feuers und der Wehellagen!
Geryon auf! und Gorgo und Chimära
Und du auch, Sphinx, du schlaueste der Bösen,
Die du zu Theben einst des Himmels Wein
Kredenztest, den vergifteten: die Liebe,
Zur Unnatur verkehrt und Haß, der noch
Viel unnatürlicher. — Seht! Jene werden
Vollziehen euer Werk!

Erste Furie.

O Gnade! Gnade!
Wir sterben vor Begier: Vertreib' uns nicht!

Mercur.

So duckt euch denn und schweigt!
Erhab'ner Dulder!
Unwillig, höchst unwillig komm' ich her,
Getrieben von des großen Vaters Willen,
Um neuen Rachespruch hier zu vollziehn! —
Ach! ich beklage dich und hasse mich,
Daß ich nicht mehr vermag! — Ja, kehr' ich heim
Von deinem Anblick, wird für Jahreszeit
Der Himmel mir zur Hölle, so verfolgt
Mit vorwurfsvollem Lächeln Tag und Nacht
Mich die zermarterte Gestalt! — Ja, du
Bist weise, stark und gut und dennoch ständest
Vergebens fürder du allein im Kampf
Gen den Allmächtigen — wie's jene Leuchten,
Die klaren, die die müden Jahre messen
Und theilen sie, von denen keine Zuflucht
Es lang gelehrt und lange lehren werden.
Und sieh! dein Peiniger, er rüstet eben
Mit sond'rer Macht von unerhörter Pein
Die Mächte aus, die in der Hölle unten
Die Todesqual, die langgedehnte sinnen.
Mein Auftrag aber ist, hieher zu führen
Sie, oder was an schlauern oder bösern

Und wildern Geistern noch den Höllenschlund
Bevölkert und ihr graues Werk sie hier
Vollziehn zu lassen! — Mög' es so nicht sein:
Es ist dir ein Geheimniß ja bekannt, —
Von allen Lebenden nur dir allein —
Das da vermag des weiten Himmels Scepter
Zu übertragen und die Furcht vor ihm
Erfüllt den Allgewaltigen mit Schrecken.
In Worte kleid's und heiß es seinen Thron
Umklammern dann in brünst'gem Fleh'n! — die Seele
Beug' im Gebet und, einem Bittenden
In stolzem Tempel gleich, laß deinen Willen
Im Herzen knieen, das voll Hochmuth ist.
Denn gute That und Unterwerfung sänft'gen
Den Stolzesten und auch den Mächtigsten.

Prometheus.

Wer bös geartet ist, verwandelt selbst
Das Gute zu der eigenen Natur!
Ich gab ihm Alles, was er hat und er
Zum Danke kettet hier mich fest auf Jahre,
Auf Menschenalter, Nacht und Tag. — Ob nun
Die Sonne mir die ausgedorrte Haut
Zerreißt, ob in der kalten Mondnacht sich
Krystallbeschwingter Schnee ums Haupt mir klebt,
Indeß mein heißgeliebt Geschlecht zu Boden
Getreten wird von jenen Schergen seiner
Gedanken — das ist des Tyrannen Lohn!
's ist recht, denn Gutes mag der Böse nicht
Empfangen und für eine Welt, die ihm
Geschenkt ward, für den Freund, den er verlor,
Vermag er Haß zu fühlen, Furcht und Scham,
Nicht Dankbarkeit! — Bestrafen will er mich
Für Missethaten, die er selbst beging!
Für Solche ist die Güte bitt'rer Vorwurf,
Der durch den leisen Schlummer des Gewissens
Mit scharfen Stacheln fährt. — Und Unterwerfung?
Du weißt es wohl, ich kann sie nicht versuchen,
Denn welches Pfand der Demuth nähm' er an
Und welches and're hätt' ich ihm zu bieten,

Wär's jenes Wort nicht, das verhängnißvolle,
Das Todessiegel aller Sklaverei
Der Menschheit, das ob seiner Krone zittert,
Gleich jenem Schwerte, das am Haare schwebend
Einst über'm Haupt des Sicilianers hing?
Auch will ich's jetzt ihm noch nicht offenbaren!
Laßt And're dem Verbrechen schmeicheln, wo's
In kurzer Allmacht thront; — gesichert sind sie;
Denn triumphirt einst die Gerechtigkeit,
Wird Mitleidszähren sie herniederweinen,
Nicht Strafe ob des Unrechts, das sie litt,
Das nur zu schwer gebüßt durch Jene wird,
Die irre gehn! — So wart' ich, Alles duldend,
Die Stunde der Vergeltung ab, die, seit
Wir sprechen selbst, schon wieder näher ist! —
Doch horch! Die Höllenhunde kläffen dort:
Zu zögern wage nicht, denn sieh', der Himmel
Verfinstert sich, weil schon dein Vater oben
Die Stirne runzelt!

Mercur.

Ø wär's uns erspart:
Mir, dich zu peinigen und dir, zu leiden!
Noch einmal antwort' mir: du kennst doch wohl
Den Zeitraum nicht von Jupiters Gewalt?

Prometheus.

Ich weiß nur, daß ihr Ende kommen muß!

Mercur.

Ach! leider kannst du nicht die Jahre zählen,
Die voll der Qualen kommen über dich!

Prometheus.

So lange dauern sie, als Zeus regiert:
Nicht mehr, noch wen'ger wünsch' ich oder fürcht' ich!

Mercur.

Halt' ein und tauch' in jene Ewigkeit,
Wo das Gedächtniß aller Zeiten schwindet
Und was in Menschenaltern ihr ersinnt,

Zu einem Punkt, — in deren ew'ger Flucht
Die Seele, die im Kampf ermattet, erst
Die müden Flügel senkt und endlich taumelnd,
Verloren, blind und schutzlos untersinkt:
Vielleicht hat sie die trägen Jahre nicht
Gezählt, die du in Qual verbringen sollst!

Prometheus.

Vielleicht kann kein Gedanke sie ermessen —
Sie werden doch vorübergehn.

Mercur.

Und könntest
Du mittlerweile wohnen unter Göttern,
In wollustvolle Freude sanft gewiegt?

Prometheus.

Ich würde doch dies graue Thal nicht lassen,
Die Pein nicht fliehen, die mich hier erwartet!

Mercur.

Bewundern muß ich dich — doch auch beklagen!

Prometheus.

Des Himmels Sklaven, die sich selbst verachten,
Beklage du, — nicht mich, in dessen Seele
Die reinste Freude herrscht, dem Lichte gleich,
Das in der Sonne thront! — Wie eitel doch
Ist das Gespräch! — die bösen Feinde dort
Ruf' auf!

Jone.

O Schwester, sieh nur: Weißes Feuer
Hat jene mächt'ge, schneebelad'ne Ceder
Gespalten tief bis in der Wurzeln Schooß!
Wie fürchterlich rollt Gottes Donner nach!

Mercur.

Gehorchen muß ich seinem Wort und deinem,
Wie schwere Sorge auch das Herz mir drückt. (Ab.)

Panthea.

Sieh, wie das Kind des Himmels läuft von dannen,
Der Morgensonne gold'ne Strahlen dort
Zur Seite beugend mit beschwingtem Fuß.

Jone.

O theure Schwester — vor den Augen schließ'
Dein Flügelpaar, daß du nicht siehst und stirbst!
Sie kommen, kommen, die Geburt des Tags
Verfinsternd mit den ungemess'nen Schwingen
Und hohl darunter, wie der Tod.

Erste Furie.

Prometheus!

Zweite Furie.

Unsterblicher Titan!

Dritte Furie.

Der du ein Kämpe
Für alles Sklavenvolk des Himmels bist!

Prometheus.

Er, dem dies wüste Rufen gilt, ist hier,
Prometheus, der gefesselte Titan!
Ihr Schreckgestalten, was und wer seid ihr?
Nie kamen solch' entsetzliche Phantome
Noch durch der Hölle scheusalträcht'gen Schooß
Aus Jovis Hirn, d'rin alles Böse keimt.
Mich dünkt, seh' ich solch' gräuliche Gestalt,
Ich werde Jenem gleich, das ich betrachte
Und lach' und stier' in ekler Sympathie!

Erste Furie.

Wir sind die Schergen aller Pein und Furcht,
Des Mißgeschicks, des Mißtrau'ns und des Hasses
Und lastender Verbrechen! — Hunden gleich,
Die ein getroff'nes, athemloses Reh
Durch Wald und See verfolgen, — also sind
Wir hinter jedem Dinge her, das lebt
Und weint und blutet, — wenn der große König
Es unserm Willen schutzlos überläßt.

Prometheus.

O Mannigfalt der schrecklichsten Naturen
In einem Namen hier! — Ich kenne euch
Und jene Seeen dort und Echo's kennen
Das Schwirren eurer schwarzen Flügel wohl!
Allein warum, noch scheußlicher fürwahr,
Als euer grauenhaftes Wesen sonst,
Entsteigt in Schwärmen ihr der Tiefe heut'?

Zweite Furie.

Das wußten wir nicht! — Schwestern, freut euch!

Prometheus.

Kann Ein's ob seiner Häßlichkeit frohlocken?

Zweite Furie.

Die Schönheit der Glückseligkeit verklärt
Die Liebenden, sehn sie einander an:
Und so sind wir! — Wie von der Rose wohl,
Die knieend eine bleiche Priesterin
Für ihren Blumenkranz zum Feste pflückt,
Ein flüchtig Roth auf ihre Wangen fällt,
Umkleidet uns der Schatten jener Qual,
Die unsres Opfers harrt und gibt uns Form —
Sonst sind gestaltlos wir, wie Mutter Nacht.

Prometheus.

Verächtlich lach' ich e u r e r Macht und Jenes,
Der euch gesandt! — Kredenzt den Leidensbecher!

Erste Furie.

Du denkst, wir reißen Dir nun Bein von Bein
Und Nerv von Nerv — wie Feuer dich durchwühlend?

Prometheus.

Pein ist mein Element, wie Haß das deine!
Zerreißt mich nun — ich frage nicht darnach!

Zweite Furie.

Du stellst dir vor, daß wir dir blicken werden
Mit Hohngelächter in dein libtos Aug'?

Prometheus.

Nicht wägen will ich, was ihr Böses thut,
Nur was ihr leidet, da ihr böse seid!
Wie grausam doch war jene Macht, die euch
Ans Licht rief oder Elende gleich euch!

Dritte Furie.

Du denkst, wir werden Ein's um's And're leben
In dir, gleich thier'schem Leben, und obwohl
Wir auch die Seele nicht verfinstern können,
Die in dir brennt, — doch wohnen neben ihr.
Der eitlen, lauten Menge gleich, die da
Den Weisesten im Selbstgenügen stört? —
Daß wir als Schreckgedanke dein Gehirn,
Als fauler Wunsch dein Herz erfüllen werden,
Als Blut durch deiner Adern Labyrinth
Gleich Todesqualen kriechen?

Prometheus.

Also seid ihr!
Doch bin ich König über mich und weiß
Der Qualen Aufruhr in mir selbst zu bänd'gen,
Wie Jupiter die Hölle, wenn sie meutert.

Chor der Furien.

Von den Enden der Erde, — in Nebel geborgen,
Wo die Nacht hat ihr Grab, — seine Wiege der Morgen,
Herbei! herbei! herbei!

Die ihr Berge erschüttert mit Jubelgeschrei,
Wenn die Städte versinken und heulen vor Weh,
Die ihr schwunglosen Fußes stampfet die See,
Die ihr dicht hinter Schiffbruch und Hungersnoth
Schnatternd euch setzt auf's zertrümmerte Boot,
Herbei! herbei! herbei!

Laßt das Bett, das kalt und roth,
Unter einem Volk, das tobt;
Laßt den Haß! im Aschenhauf'
Glimmend noch das Feuer währt,

Steigt in blut'gern Flammen auf,
Wenn ihr's schür't, zurückgekehrt!
Eingepflanzt laßt Selbstverachtung
In der Jugend Sinnumnachtung,
Elend laßt, nur kaum entsproßen!
Was geheim in ihren Räumen
Birgt die Hölle — halb erschlossen
Laßt's dem Narr'n in seinen Träumen:
Grausamer als euch das Hassen
Wird die Furcht ihn werden lassen!

Schwarmweis aus der Hölle weitem Thor
Steigen wir wie böser Dampf empor,
Pestgleich schwängern wir der Lüfte Hauch,
Doch vergeblich ist's, kommt ihr nicht auch!

Jone.

Ich hör' den Donner neuer Schwingen, Schwester!

Panthea.

Die mächt'gen Berge dröhnen von dem Klang
Und zittern, wie die Luft. — Ihr Schatten hüllt
Den Raum, der zwischen meinen Flügeln liegt,
In Finsterniß, noch schwärzer wie die Nacht!

Vierte Furie.

Euer Ruf, ein Flügelwagen,
Hat uns wirbelnd fortgetragen,
Wo sie blut'ge Schlachten schlagen!

Fünfte Furie.

Fort von Städten, voll der Plagen!

Sechste Furie.

Halbgehörten Seufzern nur,
Blut, dem wir erst auf der Spur!

Siebente Furie.

Aus der Kön'ge Rath, wo kalt
Man das Blut mit Gold bezahlt.

Achte Furie.

Von der Schmelze, weiß und heiß,
Wo man — — —

Eine Furie.

Sprecht nicht laut, noch leis!
Sagt doch nur, was ich schon weiß!
Sprechen bräch' den Zauberbann,
Der da beugen muß den Mann,
Der, von Hochmuth ganz umnachtet,
Selbst der Hölle Macht verachtet!

Eine Furie.

Den Schleier zieh!

Eine von den Furien.

Ich that es schon — o sieh:

Chorus.

Des Morgens bleiches Sternenlicht, es starrt
Auf schrecklich Elend, das geboren ward! —
Wirst du nun schwach, du mächtiger Titan?
Wir sehn dich lachend, voll Verachtung an!
Du prahlest mit jenem klaren Erkennen,
Das dein erleuchteter Geist dem Menschen gewann?
Du ließest in ihm den Durst nur entbrennen,
Der jenen versiegenden Quellen entrann!
Den fiebernden Durst der Hoffnung und Liebe,
Des Zweifels, des Wunsches — unseliger Triebe! —
Der den, der begehrt
Für immer verzehrt!

Einer kam mit sanftem Muth,
Lächelnd in die Welt voll Blut,
Doch sein überlebend Wort
Bringt wie süßes Gift Verderben!
Was gedeihen soll, verdorrt:
Wahrheit, Friede, Mitleid sterben!
Sieh, wie in der Runde weit
Manche Stadt, d'rin Millionen
Menschen bei einander wohnen,

Rauch in blaue Lüfte speit!
Hör' den Schmerzenschrei, so wild:
's ist sein Geist, der sanft und mild
Neuen Glauben einst verkündet —
Nun beweint, was er entzündet!
Sieh' auf's Neu': Die Flammen schwinden
Mälig zu des Glühwurms Schein, —
Die sich noch am Leben finden,
Sammeln furchtsam Asche ein!
    Freude! Freude! Freude!
Sieh' der Vergangenheit Zeitengewühl:
Jede, versinkend, läßt ihre Spur
Und die Zukunft ist dunkel, — die Gegenwart nur
Für dein schlummerlos Haupt ein dornichter Pfühl!

I. Halbchor.

Tropfen blut'ger Todesqual
Rinnen von der Stirne fahl:
Laßt ihn nun ein wenig ruhn!
Sieh': — Ein Volk, vom Banne los,
Springt aus der Verzweiflung Schooß
Und das Licht der Wahrheit nun
Bricht mit einemmal herein!
Freiheit soll die Losung sein
Und ein Band der Brüder mild,
Liebe — — —

II. Halbchor.

    's ist ein and'res Bild:
Brüder morden Brüder hin,
Ernte halten Tod und Sünde
Und das Blut schäumt auf darin,
Jungem Wein gleich im Gebünde,
Bis Verzweiflung übermannt
Jene, die im Kampf entbrannt
Und anheim die alte Welt
Sklaven und Tyrannen fällt!

(Alle Furien verschwinden, bis auf eine.)

Jone.

Horch, Schwester! welch' ein Seufzer, leis, doch schreckvoll,
Wühlt des Titanen Herz im Grunde auf,

Wie Sturm der Tiefe, daß der See Gestöhn
Die Thiere hören in des Festlands Höhlen.
Wagst du zu schau'n, wie ihn die Geister martern?

Panthea.

Ach! zweimal schaut' ich, doch ich will's nicht mehr!

Jone.

Was sahst du denn?

Panthea.

O schmerzliches Gesicht!
Ein Jüngling ist's mit sanft geduld'gen Blicken,
Genagelt an ein Crucifix.

Jone.

Was dann?

Panthea.

Des Himmels Runde und die Erde unten
Mit Schatten todter Menschen dicht bevölkert,
Entsetzlich all', von Menschenhand gemordet:
Denn Menschen wurden langsam oft getödtet
Durch Stirngerunzel und durch Lächeln blos.
Und andere Gesichte ziehn vorbei
Zu leben und zu sprechen allzuscheußlich!
Laß' unsern Blick nicht Schlimmeres versuchen,
An solchen Seufzern ist's des Gram's genug!

Furie.

Merk' ein Symbol: Die für den Menschen Unrecht
Erdulden, Spott und Kettenlast, sie häufen
Vertausendfachtes Weh auf sich und ihn.

Prometheus.

O bann' die Angst aus jenem stieren Blick!
Die bleichen Lippen schließ' und laß die Stirn,
Die dornverwundete nicht überströmen
Vom Blut, — es mengt mit deinen Thränen sich!
Die Augen, die in Schmerzen rollen, laß
In Frieden und im Tode stille stehn; —
So soll dein Krampf den Kreuzesstamm nicht schüttern,

Die blaffen Finger follen fo nicht fpielen!
O Schrecklicher, ich fprech' nicht deinen Namen, —
Er ward zum Fluch! — Ich feh' den Weifen, Milden,
Seh' den Erhab'nen, den Gerechten, die
Gehaßt von deinen Sklaven, weil dir gleich —
Durch faule Lügen feh' die Einen ich,
Verjagt von ihres Herzens Heim, — dem früh
Gewählten, fpätbeklagten Heim —
Wie Hinden fliehn, das Parderthier im Nacken!
Und And're feh' ich, die — lebend'ge Leichen —
In ungefunden Kerkern angefchmiedet; —
Noch And're — hör' ich nicht die Menge lachen? —
Auf Stößen Holzes, d'ran die Flamme leckt!
Und, Infeln gleich, entwurzelt aus der See,
Zu meinen Füßen fluthen mächt'ge Reiche,
Die ihre Söhne fehn, im Blut zerftampft,
Beim rothen Licht, d'rin ihre Wohnftatt flammt!

Furie.

Blut kannft du fehn und Feuer, — kannft
Auch Seufzer hören, aber fchlimm're Dinge
Noch bleiben ungefehn und ungehört.

Prometheus.

Noch fchlimmere?

Furie.

   Es überlebt die Furcht
In jedes Menfchen Bruft den Feind, der ihm
Zur Beute ward. Die Höchften fürchten ftets
Die Wahrheit deß, was fie verfchmähn zu denken,
Die Heuchelei und die Gewohnheit machen
Aus ihrem Innern Tempel für fo manchen
Nun überlebten Götzendienft. Sie wagen
Auf Gutes für die Menfchheit nicht zu finnen
Und wiffen felber nicht, daß fie's nicht wagen.
Den Guten fehlt die Macht — fie können nichts
Als Thränen weinen, die höchft unfruchtbar, —
Den Mächt'gen fehlt's an Güte — was noch fchlimmer —
Den Weifen fehlt die Liebe, Jenen aber,
Die lieben, fehlt die Weisheit: So wird ftets

Das Beste selbst zum Uebel noch verkehrt.
Und Viele gibt's, die mächtig sind und reich
Und wären gern gerecht, doch leben sie
Inmitten ihrer leiberfüllten Brüder,
Als fühlte Keiner was: So wissen sie
Nicht was sie thun!

Prometheus.

Gleich einer Wolke von
Beschwingten Schlangen sind die Worte dein
Und doch beklag' ich die, die sie nicht quälen.

Furie.

Beklagst du sie? So hab' ich nichts zu sagen!
(Verschwindet.)

Prometheus.

O weh! o weh! — Ach Pein für ewig, ewig!
Ich schließe hier die thränenlosen Augen
Und sehe nur so klarer noch dein Werk
In meinem schmerzerleuchteten Gemüth,
Du schlauester Tyrann! — Im Grab ist Frieden!
Das Grab deckt all, was schön ist und was gut!
Ich bin ein Gott und kann's nicht finden dort,
Noch will ich's suchen: denn wie schreckensvoll
Auch deine Rache ist, du stolzer König,
Sie wird zur Niederlage, nicht zum Sieg!
Und die Gesichte all, mit denen du
Mich quälst, umpanzern mir die Seele nur
Mit neuer Kraft, bis jene Stunde kommt,
Wo sie nicht Schatten mehr der Dinge, die da sind.

Panthea.

Ach! was hast du gesehn?

Prometheus.

Zwei Qualen gibt's:
Zu sprechen und zu schau'n — erspar' mir eine!
Und Namen gibt es, die geheiligt sind
Als Losungsworte der Natur: Hoch oben
In Glanz und Wappenschmuck sind sie geboren,

Die Völker schaarten sich um sie und schrieen
Laut, wie mit einer Stimme: Wahrheit! Freiheit
Und Liebe! —Aber plötzlich fiel vom Himmel
Verwirrung unter sie und Kämpfe gab's,
Enttäuschung, Furcht, — Tyrannen brachen ein
Und theilten lachend unter sich die Beute:
Dies war der Wahrheit Schatten, den ich sah.

Die Erde.

Ich fühlte deine Qualen, Sohn, mit solch'
Gemischter Freud' als Pein und Tugend geben.
Dich zu erquicken hab' ich her entboten
Die Geister, klug und schön, die da bewohnen
Die dunklen Höhlen menschlicher Gedanken,
In deren Aether, der die Welt umfluthet,
Sie gleich den Vögeln hausen, die den Wind
Durchflügeln. — In dem Zwielicht jenes Reiches
Schau'n sie die Zukunft, wie im Spiegelglas:
So mögen Trost sie bringen!

Panthea.

Schwester sieh'
Wie eine ganze Schaar von Geistern dort,
Gleich Wolkenflocken in des Frühlings Wetter
Sich in den blauen Lüften drängt!

Jone.

Und sieh'
Es kommen ihrer mehr, gleich Wasserstaub,
Wie ihn der Springquell' sprüht bei stillem Wind.
In aufgelösten Reih'n dort klimmen sie
Die Schlucht herauf und horch! — Ist's die Musik
Der Fichten? Ist's der See? Der Wasserfall?

Panthea.

's ist trauervoller, süßer als sie all!

Chor der Genien der Menschenseele.

Seit unvordenklich grauer Zeit
Sind wir ein sanft und treu Geleit

Der gottbedrückten Sterblichkeit.
Wir athmen, ohne zu erkranken,
Im Luftkreis menschlicher Gedanken,
Ob er trüb sich decken mag,
Wie ein sturmverlöschter Tag,
Nur durchzuckt von flücht'ger Helle,
Ob er heiter ganz und gar,
Wie der Himmel, wolkenbaar,
Wie der Strom mit glatter Welle,
Still und flüssig, rein und klar. —
Wie im Wind der Vogel fliegt,
Fischlein sich in Wellen wiegt,
Wie sie selber, die Gedanken,
All, was über'm Grab, umranken,
Unser flüchtig Lager schlagen
Dort wir auf, die wir durchjagen,
Wolken gleich am Firmament,
Grenzenloses Element.
Und von dorther heute tragen
Auch die Prophezeiung wir,
Die beginnt und schließt in dir.

Jone.

Noch mehr nun kommen, Einer nach dem Andern,
Und rings um sie erstrahlt die weite Luft,
Dem Aether gleich, der einen Stern umgibt.

Erster Geist.

Schall der Schlachttrompete gell
Trug hieher mich schnell, schnell, schnell,
Mitten durch die Finsterniß!
Von verblich'nen Glaubens Staub,
Der schon längst der Zeiten Raub,
Von Thrannenbanners Fetzen,
Das der Zeitensturm zerriß
Den Thrannen zum Entsetzen,
Flog um mich ein bunt Gewimmel,
Dem so mancher Schrei entstieg:
„Freiheit! Hoffnung! Tod! und Sieg!"
Bis sie schwanden durch den Himmel.

Und ein Ton d'rauf leis entschwebte,
Wie aus unsichtbarer Kehle,
Oben, unten, rings erbebte:
Hoffnung war's, der Liebe Seele,
's war die Prophezeiung hier,
Die beginnt und schließt in dir!

Zweiter Geist.

Ein Regenbogen, unbewegt,
Stand auf der See, die wild erregt.
Und triumphirend durch den Bogen
Kam der Erob'rer Sturm gezogen.
Die Wolken jagt' er vor sich auf
Zu formlos dunklem, raschem Hauf
Und jede riß ein Blitz entzwei.
Den Donner hört' ich heiser lachen
Und Flotten, wirbelnd, gleich wie Spreu,
Zerstoben in dem Höllenrachen
Des weißen Wasserschaum's. Ich stellt'
Mich auf ein Schiff, vom Blitz zerspellt
Und eilig über's weite Meer
Trug mich ein Seufzer dann hieher,
Den in Verzweiflung Einer hauchte,
Der seinem Feind die Planke gab,
Daran er hing, und dann ins Grab
Der Wellen sterbend untertauchte.

Dritter Geist.

Ich saß in eines Weisen Zimmer,
Darin er schlief. Mit rothem Schimmer
Der Lampe Licht den Docht verzehrt,
Den Büchern nah, die ihn genährt.
Da schwebt' mit flammendem Gefieder,
Auf seinen Pfühl ein Traum hernieder
Und er, den ich dort schweben sah,
Derselbe war's, ich wußt es ja,
Der schon vor langer, langer Zeit
Das Mitleid, die Beredsamkeit
Entzündete und auch das Leid.
Den Schatten trug einst diese Welt,

Der da von seinem Glanze fällt.
Er war's, der mich gebracht zur Stell'
Auf Wunsches Flügeln blitzeschnell,
Doch reit' ich ihn zurück vor morgen,
Der Weise sonst erwacht in Sorgen.

Vierter Geist.

Auf eines Dichters Lippen schlief
Ich jüngst in süßen Träumen tief, —
Wie träumend ein Verliebter liegt, —
Von seines Athems Hauch gewiegt.
Er sucht nicht irdische Genüsse,
Ihn nähren nur äther'sche Küsse
Der Geister, die durch der Gedanken
Geheimnißvolle Wildniß schwanken.
Er wird vom Tagen bis zum Nachten
Der Sonne Bild im See betrachten,
Von ihrem Strahlengold beschienen
Im Blüthenkelch die gelben Bienen
Und wird's nicht wissen, noch beachten.
Doch wird er d'raus Gestalten weben,
Die wirklicher als Menschenleben,
Die überdauern Raum und Zeit,
Die Kinder der Unsterblichkeit!
Von diesen eines weckte mich
Und dir zu Hilfe eilte ich.

Jone.

Siehst du zwei Geister nah'n von Ost und West,
Zwei Tauben, suchend ein geliebtes Nest?
Ein Zwillingspaar der Luft, die Alles trägt;
Wie schnell und doch geräuschlos, sanft bewegt,
Auf ihrer Schwingen glänzendem Gefieder
Sie gleiten durch den reinen Aether nieder
Und horch! wie süß die trauervollen Stimmen!
Verzweiflung sehn mit Liebe wir verschwimmen,
Und endlich beide aufgelöst in Ton.

Panthea.

Kannst du sprechen, Schwester? Schon
Sind die Worte mir entfloh'n!

Jone.

O, ihre Schönheit gibt mir Stimme: Sieh' nur,
Wie sie auf ihren Schwingen niederschweben,
Die tiefgelb und azur auf gold'nem Grund:
Ihr holdes Lächeln leuchtet durch die Luft,
Wie eines Sternes Feuer hell und klar.

Chor der Geister.

Hast du der Liebe Lichtgestalt gesehn?

Fünfter Geist.

Als über weitem Landgebiet dahin ich zog, hoch oben,
Wie durch der Lüfte Wildniß fliegt die graue Wolke schnell,
Schwebt' sie vorbei, planetbehelmt, auf Schwingen, blitz-
                                        gewoben,
Und streute reine Lebenslust aus ihren Locken hell.
Sie sä'te Licht, wohin sie trat, doch als ich kam, war's aus,
Verderben gähnte hinterdrein: die Weisen wurden toll,
Geköpfte Patrioten und manch' Jüngling unschuldsvoll,
Der sterben mußt', durchschimmerten die dunkle Nacht voll
                                        Graus.
Ich eilte, bis dein Lächeln schuf, o König, du der Trauer,
Zu fröhlichem Erinnern um, was ich gesehn voll Schauer.

Sechster Geist.

Der Dämon der Vernichtung ist ein unfaßbares Ding,
Das weder auf der Erde wallt, noch in den Lüften schwebt,
Doch töbtet er mit seinem Fuß und facht mit seiner Schwing'
Die zarte Hoffnung an, die in der Besten Herzen lebt.
Er wiegt zu trügerischer Ruh' sie ein mit seinem Fächeln,
Mit der Bewegung Harmonie in seinen emf'gen Füßen.
Die Traumentzückten sehn das Ungeheuer Liebe lächeln,
Und finden wach den Schatten Pein, wie er, den wir begrüßen.

Chorus.

Mag die Liebe nach sich ziehn,
Nun als Schatten den Ruin
Auf des Todes Flügelpferde,
Dem die Schnellsten nicht entfliehn,
Das zerstampft die blüh'nde Erde,
Mensch und Thier im Weiterziehn,

Der entfesselte Prometheus.   3

All' was häßlich, all' was schön,
Wie der Sturmwind mit Gestöhn
Durch die weiten Lüfte braust: —
Zwingen wird einst deine Faust,
Jenen grimmen Reitersmann,
Ob ihn nichts verwunden kann.

Prometheus.

Wie wißt ihr, Geister, daß es so geschieht?

Chorus.

In dem Luftkreis, d'rin wir leben:
Wie die Knospen schwellend beben,
Wenn der rauhe Schneesturm flieht
Vor dem Lenz, dem sieggewissen,
Dessen Wind bewegt den Flieder
Und die Wanderhirten wissen,
Balde blüht der Weißdorn wieder:
Weisheit und Gerechtigkeit,
Lieb' und Frieden, wenn hienieden
Um ihr Wachsthum brennt der Streit,
Sind für uns, was Lenz und Wind
Für die Hirtenknaben sind, —
Sind die Prophezeiung hier,
Die beginnt und schließt in dir!

(Die Geister verschwinden.)

Jone.

Wo floh'n die Geister hin?

Panthea.

Nur ein Gefühl
Von ihnen bleibt, — der Macht gleich der Musik,
Wenn Stimmen schon und Lautenklang ersterben,
Eh' noch der leise Wiederhall verstummt,
Der durch der Seele labyrinth'sche Tiefe,
Wie Echo durch die Felsenhöhle rollt.

Prometheus.

Wie schön die luftgeborenen Gestalten!
Und doch, ich fühl's, daß alles Hoffen eitel, —

Nur Liebe nicht! — Und, Asia! du bist fern,
Die du, wenn oft mein Wesen überströmte,
Ein gold'ner Kelch warst für den klaren Wein,
Der sonst zu Boden floß in durst'gen Staub! —
Rings Alles stille! — Ach! wie schwer doch lastet
Solch' tiefe Morgenruh' auf meinem Herzen!
Obgleich ich träumen würde, könnt' ich schlafen
Mit Kummer selbst, wär' Schlaf mir nicht versagt.
Gern wollt' ich sein, was mir bestimmt zu sein:
Der leiderfüllten Menschheit ein Erlöser —
Wo nicht — versinken in der Dinge Urschlund:
Dort gibt's nicht Qualen, noch Erquickung mehr,
Nicht Erdentrost und nicht des Himmels Martern.

Panthea.

Vergaßest du der Einen, die bei dir
Die kalten Nächte wacht und dann nur schläft,
Wenn deines Geistes Schatten auf sie fällt?

Prometheus.

Ich sagte, alles Hoffen wäre eitel —
Nur Liebe nicht: — du liebst!

Panthea.

        In Wahrheit tief!
Doch sieh' den Stern des Ostens schon erbleichen
Und Asia harrt in Indiens fernem Thal,
Dem Schauplatz ihres traurigen Exils,
Einst rauh und trostlos kalt wie diese Schlucht,
Doch nun mit Gras und Blumen schön bekleidet,
Von süßer Luft und holdem Klang durchhaucht,
Die durch die Wälder, durch die Wasser fluthen,
Vom Aether ihrer Gegenwart verklärt,
Der doch entschwinden müßte, würd' er nicht
Mit deinem bald vermengt. — Leb' wohl!

Zweiter Akt.

Erste Scene.

(Morgens. Ein einsames Thal im indischen Kaukasus. — Asia allein.)

Asia.

Vom Reich der Himmelsklänge stiegst du nieder,
Gleich einem Geiste, dem Gedanken gleich,
Der einen Strom von längst entwöhnten Thränen
In horn'ge Augen schießen läßt und Herzen,
Die schon verzweifelnd, starre Ruh gelernt,
Mit Eins nun wieder freudig pochen heißt.
Gewiegt von Stürmen schwebtest du herab,
Dein Weckruf klingt, o Frühling, Kind der Winde!
So plötzlich kommst du, wie Erinnerung
An einen Traum, die nun so trauervoll,
Weil er so süß gewesen; — gleich dem Genius,
Der lichten Freude gleich, die steigt empor,
Wie aus der Erde Schooß, mit gold'nen Wolken
Die Wüste uns'res Lebens überkleidend! —

Dies ist die Jahreszeit, ja Tag und Stunde!
Bei Sonnenaufgang solltest kommen du
O süße Schwester mein, — zu lang ersehnt
Und allzulange zögernd schon — o komm! —
Wie kriechen schwingenlos die Augenblicke
Gleich Todtenwürmern hin! — Dort flimmert noch
Das kleine Pünktchen eines bleichen Sterns

Durch's tief're Gelb des Morgens, der nun wächst,
Hoch ob dem purpurfarbenen Gebirg:
Durch einen Spalt des windzertheilten Nebels
Nun spiegelt sich's im dunkler'n See; nun schwindet's! —
Da glitzt es wieder, weil die Wellen sich
Geglättet und das brennende Gewebe
Der Wolken sich in bleiche Luft gelöst.
Nun ist's vorbei! — und zwischen jenen Gipfeln
Von wolkengleichem Schnee bedeckt, erglänzt
Das ros'ge Sonnenlicht! — O hör' ich nicht
Aeol'schen Klang dort ihrer grünen Flügel
Das Morgenroth durchfächeln?

(Panthea tritt auf.)

Ich sehe Augen, die durch Lächeln glühen,
Das doch in Thränen schwindet, — Sternen gleich,
Von Nebeln Silberthaues halb verlöscht.
Geliebte, o und Herrliche, die du
Der Seele Schatten trägst, durch die ich lebe,
Wie spät du kommst! — Die Sonnenscheibe schon
Erklomm die See. — Mein Herz war sehnsuchtskrank,
Bevor die Luft dein Flügelschlag bewegte.

Panthea.

Verzeihung, Schwester! meine Schwingen waren
Gelähmt von Wollust der Erinnerung
An einen Traum, — sowie zur Mittagszeit
Die Flügel sommerlicher Winde sind
Vom Dufte süßer Blumen übersättigt.
Ich war gewohnt so friedlich still zu schlafen
Und zu erwachen ruhig und erquickt,
Eh' des geheiligten Titanen Fall
Und deine unglücksel'ge Liebe hatten
Durch Mitleid und Gewohnheit meinem Herzen
Die Liebe und das Leid vertraut gemacht,
Wie sie dem deinen es geworden sind.
Sonst schlief ich wohl in bläulich grauen Höhlen
Des alten Oceans, in dämmernden
Gewölben grün- und purpurfarb'ner Moose
Und unsere Ione schloß, wie jetzt,
Die weichen und milchweißen Arme um

Mein dunkles, feuchtes Haar, indeß ich meine
Geschloss'nen Augen und die Wangen tief
Ins wohl'ge Kissen ihres Busens preßte,
Der Leben athmete. — Doch anders ist's,
Seit ich zum Winde da geworden bin,
Der hinstirbt unter Klängen der Musik,
Mit der, selbst wortlos, deine Sprach' ihn füllt;
Seit aufgelöst in das Gefühl, mit dem
Die Liebe spricht, die Ruh getrübt mir ward
Und dennoch süß; — doch meines Wachens Stunden
Zu voll von Sorg' und Qual.

Afia.

Heb' deine Augen
Empor und laß mich lesen deinen Traum.

Panthea.

Wie ich gesagt: Mit uns'rer Meeresschwester
Zu seinen Füßen schlief ich ein. — Bergnebel,
Indeß wir sprachen, sich verdichtend, hatten
Die schnee'gen Flocken unter'n Mond gebreitet,
Vor scharfer Eisluft unsern Schlaf beschirmend.
Zwei Träume kamen da: des einen kann ich
Mich nicht entsinnen, doch im andern fielen
Die bleichen, wunden Glieder von Prometheus
Und die azur'ne Nacht erstrahlte rings
Vom Glorienschein der Form, die unverändert
Noch in ihm lebt — und seine Stimme war
Musik, die schwindeln macht das dunkle Hirn,
Von süßem Freudentaumel wie berauscht:
„O Schwester Jener, deren Schritt die Welt
Mit Lieblichkeit bedeckt; — die du ihr Schatten
Und schöner bist als Alles außer ihr,
Heb' deine Augen nun zu mir empor!"
Ich that's: das überwältigende Licht
Unsterblicher Gestalt war überschattet
Von Liebe, die von seinen weich und sanft
Geschmiegten Gliedern, lustgeschwellten Lippen,
Von seinen schmachtend glüh'nden Augen strömte
Wie Feuerdampf. — Ein Dunstkreis war's, der mich

Mit allzerschmelzender Gewalt umfieng,
Sowie der Morgensonne warmer Aether
Wohl eine Wolke flücht'gen Thau's umhüllt,
Eh' er sie trinkt. — Ich sah nicht, hörte nicht,
Nein, reglos stand ich da und fühlte nur
Wie seine Gegenwart mein Blut durchfluthet'
Und sich mit ihm vermengte, bis es endlich
Zu seinem Leben ward und sein's zu meinem.
Und also ward ich völlig aufgesogen,
Bis es vorüber war und gleich den Dämpfen,
Die, wenn die Sonne sinkt, in Tropfen wieder
Sich sammeln auf den Fichten — und wie sie
Erzitternd — in der tiefen Nacht mein Wesen
Allmälig sich verdichtete. — Und als
Die Strahlen der Gedanken langsam sich
Gesammelt, konnt' ich seine Stimme hören:
Die Töne zögerten, eh' sie erstarben,
Gleich Takten einer leisen Melodie.
Dein Name war's, was aus der Fluth der Klänge
Allein ich deutlich nur vernehmen konnte,
Wiewohl ich noch die Nacht hindurch gelauscht,
Als jeder holde Klang schon längst verstummt. —
Dann wacht' Jone auf und sprach zu mir:
„Kannst du errathen, was heut' Nacht mich ängstigt?
Ich wußte immer, was ich wünschte sonst
Und fand Vergnügen nie an eitlem Wunsch.
Doch heute kann ich dir nicht sagen, was
Ich such' — ich weiß nicht — etwas Süßes wohl,
Da ja das Wünschen selbst schon süß sein soll;
's ist dein Vergnügen, falsche Schwester du!
Sieh! Du entdecktest einen alten Zauber,
Deß Kräfte meinen Geist entwendet, als
Ich schlief und ihn mit deinem dann vermengt,
Denn als wir eben jetzt uns küßten, fühlt' ich
Durch deine Lippen weh'n die süße Luft,
Die mich getragen, ach und jene Wärme
Des Lebensblut's, die mir abhanden kam,
Quoll zwischen unseren verschlung'nen Armen!" —
Ich gab nicht Antwort, denn des Ostens Stern
War bleich geworden, doch ich flog zu dir!

Asia.

Du sprichst, doch deine Worte sind wie Luft,
Ich fühl' sie nicht! — O heb' die Augen auf,
Damit ich seine Seele darin lese.

Panthea.

Ich hebe sie, wiewohl die Last deß, was
Sie sagen sollen, sie mir niederdrückt.
Was könntest du d'rin abgebildet sehn
Als deinen eig'nen schönen Schatten nur?

Asia.

O deine Augen sind wie jener Himmel,
Der tiefe, blaue, grenzenlose dort,
Der unter ihren langen, feinen Wimpern
Sich in ein Zirkelpaar zusammenzog:
So dunkel, unergründlich, Kreis in Kreis
Und Linie durch Linie gewoben!

Panthea.

Was blickst du so, als zög' ein Geist vorbei?

Asia.

Es ändert sich das Bild: Im Innersten
Dort ihrer Tiefe seh' ich einen Schatten,
Eine Gestalt: 's ist Er, vom sanften Licht
Umkleidet seines eig'nen Lächelns, das
Wie Glanz vom wolk'gen Morgenhimmel leuchtet.
Prometheus, ja, du bist's — o bleibe noch!
Sagt nicht dies Lächeln, daß wir einst uns finden
Noch unter jenem herrlichen Gezelt,
Das seine Strahlen wölben werden über
Die weite Welt? — Das Traumbild ist erklärt! —
Doch welch' ein Schatten trat hier zwischen uns?
Sein struppig Haar macht rauh den Wind, der's sträubt,
Sein Blick ist wild und scharf, doch ist's ein Ding
Aus Luft, denn sieh', sein grau Gewand durchschimmern
Des Thaues golden Sterne, die der Mittag
Noch nicht verlöscht!

Der Traum.

> O folge, folge mir!

Panthea.

Es ist mein and'rer Traum!

Asia.

> Er schwindet schon!

Panthea.

Er tritt vor meine Seele nun: Mich dünkte,
Wir saßen hier; — die blüthenschwangern Knospen
An jenem blitzgespalt'nen Mandelbaum,
Sie brachen auf. — Da kam ein Windstoß plötzlich
Herüber von der weißen scyth'schen Wildniß,
Daß sich die Erde runzelte vor Frost:
Ich sah die Blüthen all herabgeweht,
Doch stand geprägt auf jedem Blatt zu lesen,
Wie in der Hyacinthen blauen Glocken
Geschrieben steht der Kummer des Apoll: —
O folge, folge mir!

Asia.

> O Schwester, sieh'!
So wie du sprichst nun, füllen deine Worte
Auch meinen eigenen, vergess'nen Schlaf
Mir nach und nach mit Traumgestalten aus.
Mich dünkte, daß auf jenen Wiesen dort
Wir wandelten beim Grau'n des jungen Tags
Und Schaaren weißer, flaum'ger Wolken zogen
In dichten Flocken rings um das Gebirg,
Vom trägen Winde heerdengleich getrieben.
Und weißer Thau hing schweigend an den Halmen
Des Grases, das die Erde kaum durchsproßte
Und mehr gab's, dessen ich mich nicht entsinne.
Doch auf den Schatten all der Morgenwolken
Am purpurübergoss'nen Bergeshang,
Da stand geschrieben: Folg', o folge mir!
Und als sie schwanden und auf jedem Gras,
Von welchem Himmelsthau gefallen war,

Das Gleiche stand, wie feurig eingeprägt,
Da hob ein Wind sich zwischen jenen Fichten,
Und ließ Musik aus ihren Zweigen klingen,
Und dann in süßen, schmachtend leisen Tönen,
Dem Lebewohl verborg'ner Geister gleich,
Hört' man: O folge, folge, folge mir!
Dann sagt' ich: „Panthea! o sieh' mich an!"
Doch in der Tiefe ihrer Augen sah ich
Noch immer: Folg', o folge!

Echo.

Folg', o folge!

Panthea.

Die Klippen, dieser klare Frühlingsmorgen,
Sie spotten unser, wie mit Geisterzungen!

Afia.

Es schwebt ein Wesen heimlich um die Klippen!
Welch' feine, klare Töne! — horch, o horch!

Echo's (ungesehen).

Horch! Echo's Stimmen!
Wir müssen verweh'n,
Wie Thausternchen flimmen,
Und wieder vergehn —
Kind des Oceans!

Afia.

Horch! Geister sprechen und der Wiederhall
Der luft'gen Stimmen klingt noch nach!

Panthea.

Ich höre!

Echo's.

Folg' dem Klang, der rief,
Wie er weitergleitet
Durch die Höhlen tief,
Wo der Wald sich breitet!

(Entfernter.)

Folg' dem Klang, der rief,
Durch die Höhlen tief,
Folg' dem Sang, der dorthin zog,
Wo noch nie die Biene flog, —
In des Mittags Dunkel tauch',
Wo im Schlaf mit duft'gem Hauch
Nächt'ge Blumen stehn; — durch Wellen
Schreit' in Höhlen voll der Quellen,
Uns're Musik, die wilde, süße,
Ahmt den Schritt nach deiner Füße,
Kind des Oceans!

Asia.

So folgen wir dem Klang? — er wird schon schwächer
Und klingt entfernter.

Panthea.

Horch! er fluthet näher!

Echo's.

Fremde Welt birgt ein
Wort, noch ungesprochen,
Nur durch dich allein
Wird sein Bann gebrochen.

Asia.

O wie die Töne sinken mit dem Wind,
Der ebbt!

Echo's.

Folgt dem Klang, der rief,
Durch die Höhlen tief,
Folget des Gesanges Spur
Durch den Morgenthau der Flur,
Durch den See, den Quell, den Wald,
Durch Gebirge mannigfalt,
Zu der Felsen Kluft und Schlucht,
D'rin die Erde Ruh' gesucht,
An dem Tag, da beide ihr
Schiedet, euch zu finden hier;
Kind des Oceans!

Asia.

Komm' theure Panthea und Arm in Arm
Laß folgen uns — eh' jene Stimmen schwinden!

Zweite Scene.

(Wald mit Felsblöcken und Höhlen. — Asia und Panthea treten auf. Zwei junge
Faune sitzen horchend auf einem Felsblock.)

I. Halbchor von Geistern.

Der Pfad, auf dem die holden Zwei
Durch Cedern, Fichten, Eiben zogen,
Den Bäume jeder Art umwogen,
Ihm ist verhängt des Himmels Bogen
Und nichts durchbricht, was es auch sei,
Nicht Sonne, Mond, noch Wind, noch Regen,
Die Zweige, die sich dort verschränkt,
Ein grün Gewölbe, d'rüberlegen.
Nur daß ein Wölkchen Thaues sprüht
Den Hauch entlang, der unten schleicht
Durch Stämme, die das Alter bleicht
Und Perlen an die Blüthen hängt,
Am grünen Lorbeer blaß erblüht —
Und daß ihr Haupt, vom Thau getränkt,
Die zarte Anemone senkt.
Zuweilen auch ein Sternchen klein,
Das klimmt und wandert durch die Nacht,
Fand wohl den Spalt, durch den allein
Ins Dunkel fällt die Strahlenpracht,
Eh' es die Sphären weitertreiben,
Die schnellen, die nicht stehen bleiben,
Versprüht es Tropfen Lichts umher
Durch's Dickicht jener Pinien,
Gleich feinen Regenlinien,
Die sich vereinen nimmermehr.
Und heil'ger Dämmer herrscht im Rund
Und unten liegt der moos'ge Grund.

II. Halbchor.

Dort sind die brünst'gen Nachtigallen
Noch wach zur hellen Mittagszeit:

Die eine läßt ihr Lied erschallen,
Vor Wonne schmelzend oder Leid,
Hin durch des Eppichs grün Gerank,
Verschmachtend dann, von Liebe krank
An ihres Pärchens Sängerbrust.
Die and're lauscht im blüh'nden Strauch
Und haschet dort in trunk'ner Lust
Des letzten Tones sanften Hauch
Und läßt dann in die Luft die Schwingen
Der sanften Melodie erklingen,
Bis neuer Ton schallt aus den Zweigen
Und schweigend alle Wälder lauschen.
Und durch die Luft schwirrt Flügelrauschen,
Die flötengleichen Klänge steigen
Und fluthen auf den Horcher ein
So süß, daß Freude wird zur Pein.

I. **Halbchor.**

Die Zauberwirbel spielen dort
Von Echo's, die auf's mächt'ge Wort
Des Demogorgon ziehen fort
Mit wilder Lust, mit süßem Ahnen
Die Geister auf geheimen Bahnen,
Gleich Booten, die zu Oceanen
Auf Strömen treiben, deren Wellen
Die schmelzenden Lawinen schwellen.
Zuerst nur trifft ein holder Klang
Die Schlummernden, die Plaudernden,
Und weckt die leis' Erschaudernden
Und zieht sie an mit sanftem Zwang.
Es sagen Jene, die's erlebt:
Vom Hauch der Erde streich' heran
Ein Wind, der ihre Flügel hebt
Und der sie treibt auf ihrer Bahn,
Indeß sie wiegen sich im Wahn,
Es trag' die Kraft der eig'nen Schwingen,
Es trage sie der flinke Fuß,
Der ihrem Wunsch gehorchen muß.
Und also fluthen sie dahin,
Bis süß und doch mit mächt'gem Klingen

Tonstürme durch die Lüfte dringen
Im Wirbelbraus und wie sie fliehn
Vereinen, die sie erst durchzogen,
Schnell hinter ihnen sich die Wogen,
Sie nach dem Zauberberg zu tragen,
Gleich Wolken, die die Lüfte jagen.

Erster Faun.

Was denkst du wohl, wo jene Geister leben,
Die mit Musik die Wälder so durchzaubern?
Wir dringen doch in die geheimsten Höhlen,
Ins tiefste Dickicht dieser Wildniß ein
Und nimmer noch begegneten sie uns,
So oft wir sie gehört. — Wo mögen sie
Sich so verstecken stets?

Zweiter Faun.

    's ist schwer zu sagen!
Von Solchen, die auf Geister sich verstehn,
Hört' ich: die Bläschen, die der Sonne Glut
Aus jenen bleichen Wasserblumen zieht,
Die da der See'n und Tümpel schlamm'gen Grund
Bedecken, sei'n die luftige Behausung,
D'rin Jene wohnen und durchfluthen hier
Die goldig grüne Atmosphäre, die
Zur Mittagszeit herrscht unterm Laubgewölb.
Wenn diese platzen und die dünne Luft,
Die feurig sie durch jenen Dämmer hauchten,
Emporsteigt, um gleich Meteoren durch
Die Nacht zu fliegen, reiten sie auf ihnen
Und zügeln ihren hast'gen Lauf und beugen
Den glüh'nden Federbusch und gleiten
Im Feuer wieder unter das Gewässer
Der Erde hier zurück.

Erster Faun.

    Ist dies ihr Leben?
Nun, And're leben unter Blüthenknospen,
In Glocken holder Wiesenblumen, oder
In zarter Veilchen falt'gem Schooße, oder

In jenen Düften, die sie sterbend hauchen,
Auch wohl im Sonnenblink der Perlen Thau's?

Zweiter Faun.

Ei, mehr noch gäb's, darauf wir rathen könnten,
Doch blieben wir, um noch zu plaudern, würde
Es Mittag werden, und Silenus fände,
Der Querkopf, seine Ziegen ungemolken
Und brummte wohl und sträubte sich zu singen
Uns jene weisen, lieblichen Gesänge
Von Schicksal, Zufall, Gott und altem Chaos,
Von Lieb' und des gefesselten Titanen
Entsetzlichem Geschick und wie er einst
Erlöst wird sein und aus der Erde machen
Nur eine Bruderschaft: Herrliche Klänge,
Die uns're Einsamkeit in Zwielichtstunden
Verklären und die selbst die Nachtigallen
Bezaubern, daß sie lauschend stille schweigen.

Dritte Scene.

(Eine Felsenzinne zwischen Bergen. — Asia und Panthea.)

Panthea.

Hieher zog uns der Zauberklang, zum Reich
Des Demogorgon: Hier die mächt'ge Pforte
Und wie den Kratern rauchender Vulkane
Entwirbelt ihr orakelhafter Dampf!
Ihn trinken Jünglinge, die einsam wandern,
Und Wahrheit, Tugend, Liebe, Genius, Freude
Benennen sie den Wein des Lebens, der
Die Tollheit zeugt und dessen Hefe bis
Zum Taumel sie berauscht. — Dann heben sie, —
Mänaden gleich, die schrei'n ihr Evoë! —
Die Stimme, die Verderben bringt der Welt!

Asia.

Ein rechter Thron für solche Macht! — O herrlich! —
Wie glorreich bist du Erd' und wärest du
Der Schatten eines noch viel holdern Geist's,

Befleckte Uebel auch sein Werk und glich'
Er seiner Schöpfung selber, — schwach, doch schön! —
Ich könnte niederfallen und verehren
So ihn wie dich! — Mein Herz ist eben jetzt
In Anbetung versunken: Wundervoll!
Sieh, Schwester, eh' der Dampf dein Auge trübt;
Dort unten wogt ein weites Nebelmeer,
Das unter'm Morgenhimmel silberglänzig
Mit blauen Wellen deckt ein indisch Thal.
Sieh, wie es rollt, von Winden leicht gekräuselt, —
Zur Insel macht's den Gipfel, d'rauf wir stehn,
Der bis zur halben Höhe rings umkränzt
Von dunkeln, blüthenreichen Wäldern ist,
Von grünen Wiesen, die im Zwielicht liegen,
Von Höhlen, d'raus sich Ströme schimmernd stürzen,
Und von Gestalten, die der Zaub'rer Wind
Aus Nebeln formt, die auf- und niederwallen.
Und oben hoch die stolzen Berge schleudern,
Mit scharfen Zacken in den Himmel bohrend,
Von eis'gen Gipfeln ab den Strahlenkranz
Des jungen Tags, wie blendend weißer Schaum,
Um Inseln der Atlantis aufgewirbelt,
Die Luft durchsprüht mit flimmernd hellen Tropfen.
Von ihrem Walle ist das Thal umgürtet
Und ein Geheul von Katarakten dröhnt
Aus ihrem wild zerklüfteten Gestein
Und schwängert rings die lauschend leisen Winde
Mit einem Ton, der weit im Rund erschallt
Und feierlich, wie hehre Stille ist. —
O horch! Es rauscht der Schnee! — Der Sonnenstrahl
Erweckte die Lawine, deren Masse,
Dreimal gesiebt vom Sturm, sich Flock' auf Flocke
Gesammelt, wie Gedanke auf Gedanke
Sich thürmt in Geistern, die dem Himmel trotzen,
Bis eine große Wahrheit, losgelöst,
Im Kreise der Nationen wiederhallt,
Die bis zur Tiefe ihrer Wurzeln dann
Erschüttert sind, wie jetzt die Berge hier.

Panthea.

Sieh' wie zu unsern Füßen sich das Meer
Des Nebels wandelte zu rothem Schaum!
Es steigt, sowie beim Zauberlicht des Mondes
Der Ocean um Menschen, die gestrandet
Auf einer schlamm'gen Insel hilflos stehn.

Asia.

Die Wolkenfetzen sind emporgewirbelt,
Der Wind, der sie zertheilt, verwirrt mein Haar —
Die Wogen schwellen über's Auge mir,
Es schwindelt mir das Hirn — ich seh' Gestalten
Im Nebel schwanken!

Panthea.

      Ein Gesicht, das uns
Mit Lächeln winkt. — Ein bläulich Feuer flammt
Durch seine gold'nen Locken. — Sieh'! ein and'res
Und noch ein and'res! Horch! — sie sprechen! — still!

Gesang von Geistern.

Zu der Tiefe Schacht
    Hinab! hinab!
Durch des Schlafes Nacht,
Durch das Ringen und Streben
Zwischen Tod und Leben,
Durch den Flor und das Thor,
Zwischen Schein und Sein!
In tiefster Tiefe winkt ein Herrscherstab
    Hinab! hinab!

Wo Klänge dem Grund entwirbeln rund
    Hinab! hinab!
Wie das Reh lockt den Hund,
Wie den Blitzstrahl die Fluth,
Wie den Falter die Glut,
Tod die Verzweiflung, Liebe die Sorgen,
Wie dem Heute folgt das Morgen,
Sowie den Stein der Stahl, lockt dich dies Grab
    Hinab! hinab!

Der entfesselte Prometheus.   4

Durch die gähnende Kluft
    Hinab! hinab!
Wo kein Strahl färbt die Luft,
Wo Mond und Gestirne nicht —
Wo der Fels, wie die Firne nicht
    Im Glanz erstrahlt,
    Der die Erde malt,
Wo Einer nur von je Gebote gab,
    Hinab! hinab!

In den Schlund ohne Wahl
    Hinab! hinab!
Wie in Wolken der Strahl,
Wie die Lieb' im Erinnern,
In der Berge Innern
    Der helle Demant,
    Wie in Asche der Brand,
Wird dort für dich bewahrt ein Zauberstab —
    Hinab! hinab!

Folg' unserm Geleite
    Hinab, hinab,
Das Lichtbild zur Seite!
Gen zagende Schwäche kämpfe nicht an,
Kraft menschlicher Milde lösen vom Bann
    Muß der Unsterbliche
    Das ihm verderbliche
    Schicksal, das lauert
An seinem Throne schlangengleich gekauert!
    Hinab! hinab!

Vierte Scene.

(Die Höhle des Demogorgon. — Asia und Panthea.)

Panthea.

O, welch' verschleierte Gestalt sitzt dort
Auf jenem schwarzen Thron?

Asia.

Der Schleier fiel!

Panthea.

Ich seh' ein mächtig Dunkel nun den Sitz
Der Macht erfüllen; — Strahlen schießen blendend
Ringsum empor, wie Licht der Mittagssonne!
Gestaltlos ist es, weder Glied, noch Form,
Noch Umriß — und doch fühlen wir, 's ist ein
Lebend'ger Geist!

Demogorgon.

Frag' was du wissen willst?!

Asia.

Was kannst du sagen?

Demogorgon.

Was du fragen darfst!

Asia.

Wer machte die lebend'ge Welt hier?

Demogorgon.

Gott!

Asia.

Wer machte Alles das, was sie enthält? —
Gedanken, Leidenschaft, Vernunft und Willen,
Und Einbildung?

Demogorgon.

Gott, der allmächt'ge Gott!

Asia.

Wer ließ das Hochgefühl entstehn, das uns
Beim Weh'n der Frühlingswinde, bei der Stimme
Der Liebe, die die Jugend hört allein,
Die Augen füllt mit einem Thränenstrom,
Der selbst den Strahlenblick der Blumen trübt
Und das die Erde, die bevölkerte,
Veröbet läßt, wenn's nicht mehr wiederkehrt?

Demogorgon.

Gott, der barmherzige!

Asia.

Wer aber schuf
Den Schrecken und den Wahnsinn, das Verbrechen
Und die Gewissenspein, die von den Gliedern
Der großen Kette aller Dinge sich
Zu jeglichem Gedanken in der Seele
Des Menschen schwingen und ihn niederziehn,
Daß Jeder keuchend unter ihrer Last
Nach seinem Grabe schwankt? — Wer schuf die Hoffnung,
Die schnell vereitelte und Liebe, die
In Haß sich wandelt? Wer die Selbstverachtung,
Die bitt'rer noch zu trinken ist als Blut?
Wer schuf die Qualen, deren unverhohl'ne,
Vertraute Sprache klägliches Geheul
Und geller Jammerschrei sind Tag für Tag?
Wer schuf die Hölle und die Höllenfurcht?

Demogorgon.

Er herrscht!

Asia.

Sprich seinen Namen! — eine Welt,
Die sich in Qualen windet, fragt allein
Nach seinem Namen: Flüche werden ihn
Herniederziehn!

Demogorgon.

Er herrscht!

Asia.

Ich fühle es,
Ich weiß es, aber wer?

Demogorgon.

Er herrscht!

Asia.

Wer herrscht?
Im Anfang war der Himmel und die Erde
Und Licht und Liebe, dann erst kam Saturn,
Von dessen Thron ein neid'scher Schatten fiel,
Die Zeit. — Und unter seinem Scepter lebten

Die früh'sten Geister dieser Erde hier
In wonn'gem Frieden, Blumen gleich und Blättern,
Eh' Wind und Sonnenglut sie ausgedorrt
Und halblebendiges Gewürm. — Doch er
Versagte das Geburtsrecht ihres Wesens:
Die Macht, das Wissen, die Geschicklichkeit,
Die Elemente bändigt, den Gedanken,
Der gleich dem Licht durch's dunkle Weltall dringt,
Selbstherrschaft und die Majestät der Liebe,
Vor Durst, nach welcher sie verschmachteten.
Dann gab Prometheus Weisheit, welche Kraft ist
Dem Jupiter und nur mit dem Geheiß
Allein: „Der Mensch sei frei!" bekleidet' er
Ihn mit der Herrschaft über'n weiten Himmel. —
Nicht Treu', noch Liebe kennen, noch Gesetz,
Allmächtig, aber freundlos sein, heißt herrschen,
Und Zeus, er herrschte nun: Denn auf des Menschen
Geschlecht fiel Hunger, Mühsal ein und Seuche,
Und Kampf und Wunden und der grause Tod,
Zuvor noch ungekannt. — Die Jahreszeiten,
Verkehrt zu ihrem Widerspiele, trieben,
Mit Frost und Feuer wechselnd, dann die bleichen
Schutzlosen Völker nach den Bergeshöhlen
Und in die öden Herzen pflanzt' er ihnen
Die stachelnde Begier, die tolle Unruh'
Und eitle Schatten von erträumten Gütern,
Die gegenseitig sich bekämpften, so
Die Wohnstatt nun verwüstend, d'rin sie rast'ten.
Prometheus sah's und weckte die Legionen
Der Hoffnungen, die tief verborgen schlummern
In holden Blumen des Elysiums,
In unverwelkbar schönen Blüthen, wie
Nepenthes, Moly, Amaranth, auf daß
Mit zarten, regenbogenfarb'nen Schwingen
Des Todes Schatten sie bedecken mögen.
Und Liebe sandt' er dann, auf daß sie binde
Die losgelösten Ranken jener Rebe,
Die da den reinen Wein des Lebens trägt, —
Der edlen Rebe, Menschenherz genannt.
Das Feuer zähmt' er nun, das wie ein Raubthier,

Gar schrecklich und doch lieblich anzusehn,
Sich spielend duckte unter'm Blick des Menschen.
Und Gold und Eisen beugt er seinem Willen,
Die Sklaven und die Zeichen aller Macht;
Die Edelsteine und die Gifte all',
Die feinsten Formen, die versteckt im Schooß
Der Berge ruhen und der Meereswellen. —
Dem menschlichen Geschlecht gab er die Sprache
Und aus der Sprache rang sich der Gedanke,
Er, der das Maß des Universums ist!
Die Wissenschaft griff rüttelnd an die Throne
Der Erde und des Himmels, die erbebten,
Allein nicht stürzten und die Harmonie
Der Menschenseel' ergoß sich in die Ströme
Des allprophetischen Gesangs. — Musik
Erhob des Lauschers Geist, bis göttergleich
Und frei von sterblich eitlen Sorgen er
Ob klaren Wogen süßen Klangs geschwebt.
Und Menschenhände ahmten nach zuerst
Und übertrafen dann mit holdern Gliedern
Als ihre eigenen, die menschliche
Gestalt, bis Göttern gleich der Marmor ward.

Er wies auf die verborg'ne Kraft in Kräutern
Und Quellen, und der Kranke trank und schlief
Und gleich dem stillen Schlafe ward der Tod.
Er lehrte die verschlung'nen Bahnen uns
Der weithin kreisenden Gestirne kennen
Und wie die Sonne wechselt ihren Stand,
Durch welch' geheimen Zauber wird verwandelt
Der bleiche Mond, wenn um die Neumondzeit
Sein Aug' nicht leuchtet auf die dunkle See.
Regieren lehrt' er uns, sowie der Geist
Des Lebens lenket uns're eig'nen Glieder,
Des Oceanes sturmbeschwingt Gefährt'
Und Celt' und Inder lernten so sich kennen.
Die stolzen Städte wurden dann gebaut, —
Durch schnee'ger Säulen Reihen flutheten
Die warmen Winde und azurner Aether
Und blaue Wogen schimmerten hindurch

Und schatt'ge Hügel zeigten sich dem Blick. —
Der Menschheit also bot Prometheus dar
Die Lind'rungsmittel ihres Erdenseins
Und hängt dafür am starren Felsen nun
In Qual sich windend, die sein bitt'res Los!
Wer aber ist's, der niederregnen läßt
Das Uebel und die unheilbare Plage,
Die, wo der Mensch auf seine Schöpfung blickt
Gleich einem Gotte und sie glorreich findet,
Ihn selber treibt, das Wrack des eig'nen Willens,
Den Spott der Erde, den Verstoßenen,
Der da verlassen steht und ganz allein?
Nicht Jupiter! denn während jüngst sein Runzeln
Den Himmel selber wohl erbeben machte,
Als dann sein Gegner in demant'nen Ketten
Ihm fluchte, zittert' er gleich einem Sklaven!
Wer ist sein Meister? — ist auch er ein Sklav?

Demogorgon.

In Sklaverei sind alle Geister, die
Dem Uebel dienen und du selber weißt,
Ob Jupiter ein solcher ist, ob nicht!

Asia.

Wen nennst du Gott?

Demogorgon.

        Ich sprach blos, wie ihr sprecht —
Von allen Lebenden ist Jupiter
Der höchste!

Asia.

      Und wer ist des Sklaven Meister?

Demogorgon.

Ja, wenn der Abgrund sein Geheimniß nur
Ausspeien könnte! — Doch die Stimme fehlt ihm
Und ewig bildlos bleibt die tiefe Wahrheit.
Was würdest du erfahren auch, hieß' ich
Dich starren auf die Welt hier, die sich dreht?
Was hälf' es dir, wollt' ich nun sprechen heißen

Die Zeit, das Schicksal, die Gelegenheit,
Den Zufall und den Wechsel aller Dinge?
Denn jenen sind sie alle unterworfen,
Und nur allein die ew'ge Liebe nicht!

Asia.

So viel hab' ich zuvor gefragt und stets
Gab mir mein Herz die Antwort, die du gibst!
Und jede muß von solchen Wahrheiten
Sich selber das Orakel sein. — Doch nun
Nur eine Frage noch: Antworte mir,
Wie's meine eig'ne Seele würde thun,
Wär' ihr bekannt, was ich erfragen will.
Prometheus wird einst auferstehn als Sonne
Ob dieser Welt, die jubelnd ihn begrüßt.
Wann wird die Schicksalsstunde nah'n?

Demogorgon. Sieh' hin!

Asia.

Die Felsen sind gespalten! — durch den Purpur
Der Nacht seh' ich Gefährte, die gezogen
Von Pferden sind mit Regenbogenschwingen,
Die mit dem Huf die trägen Winde stampfen.
In jedem steht mit wildem Blick ein Lenker,
Zu rascher Flucht antreibend sein Gespann.
Nach rückwärts schauen Einige, als wären
Verfolgt von bösen Feinden sie, und doch,
Ich seh' dort nichts als funkelnde Gestirne. —
Mit glüh'nden Augen blicken Andere
Nach vorn und trinken mit den gier'gen Lippen
Den Wind, den ihre Eile selbst erregt,
Als flög' ein heißgeliebtes Ding vor ihnen
Und jetzt und jetzt nur müßten sie's erhaschen!
Ihr glänzendes Gelock, es strömt herab,
Dem Strahlenhaare des Kometen gleich,
Und eilig jagen alle sie dahin.

Demogorgon.

Die Stunden sind sie, die unsterblichen,
Nach denen du gefragt und eine wartet
Auf dich!

Asia.

Ein Geist, der schrecklich anzusehn,
Hält seinen Wagen an den Klippen hier! —
Der du so ungleich deinen Brüdern bist,
O geisterhafter Wagenlenker du,
Wer bist du? Ach, wohin willst du mich führen?
O sprich!

Geist.

Ich bin der Schatten eines Schicksals,
Das schrecklicher noch als mein Anblick ist.
Eh' der Planet dort sinkt, hüllt Finsterniß
In ew'ge Nacht den königlosen Thron
Des Himmels!

Asia.

O was meinst du?

Panthea.

Jener Schatten,
Der schreckliche, schwebt auf von seinem Thron,
Sowie von Städten, die der Erdstoß stürzte,
Ein schwarzer Qualm mag streichen ob der See.
Sieh'! er besteigt den Wagen nun, die Renner,
Sie fliehn entsetzt! — Verfolge seinen Pfad,
Der zwischen den Gestirnen dort sich windet,
Die Nacht verfinsternd.

Asia.

Dies die Antwort? — Seltsam!

Panthea.

Sieh nur! dort hält ein anderes Gefährt:
Ein Muschelwagen ist's, aus Elfenbein,
Und rothes Feuer züngelt auf und ab
An seinen seltsam reich verzierten Wänden.
Der jugendliche Genius, der ihn lenkt,
Er hat der Hoffnung taubengleiche Augen,
Sein sanftes Lächeln zieht die Seele an,
Sowie das Licht geflügelte Insekten
Lockt durch die sternenlose Nacht! —

Geiſt.

Mit Blitzen nähr' ich die Pferde mein,
Sie trinken im Fluge den ſtrömenden Wind,
Um bei des Morgenroth's flammendem Schein
In Strahlen zu baden, erquickend und lind.
Dann ſtürmen ſie weiter, gekräftigt, geſchwind,
Steig' auf mit mir, des Oceans Kind!

Ich wünſch': Mein Geſpann durchfunkelt die Nacht!
Sieh', wie's vor'm Typhon den Vorſprung gewinnt!
Um Erde und Mond iſt die Runde vollbracht,
Noch ehe die Wolke am Atlas zerrinnt.
Der Mittag dann ruhend und raſtend uns find' —
Steig' auf mit mir, des Oceans Kind!

Fünfte Scene.

(Der Wagen hält in einer Wolke auf dem beſchneiten Gipfel eines Berges. — Aſia,
Panthea und der Geiſt der Stunde.)

Geiſt.

Wo die Nacht und der Morgen verrinnen,
Laß ich die Renner gerne verſchnaufen,
Aber die Erde flüſtert tief innen:
Schneller als Feuer müßten ſie laufen.
Fort denn, mit Eile des Wunſches von hinnen!

Aſia.

Du ſchwellſt mit deinem Athem ihre Nüſtern,
Doch würde ſie der Hauch des meinen noch
Viel ſchneller treiben.

Geiſt.

Ach, er könnt' es nicht!

Panthea.

O Geiſt halt' an und ſag', welch' Licht die Wolke
Erfüllt? — Die Sonn' iſt noch nicht aufgegangen!

Geist.

Sie wird nicht aufgehn vor der Mittagszeit.
Apollo wird im Himmel festgebannt
Durch einen Zauber, und das Licht, das hier
Den Nebel füllt, sowie äther'scher Hauch
Der Rosen, die am Brunnenkranze blüh'n,
Das Wasser füllt — o sieh', es strömet aus
Von deiner mächt'gen Schwester!

Panthea.

Ja, ich fühl's —

Asia.

Was ist es mit dir, Schwester? Du siehst bleich!

Panthea.

Verwandelt bist du und ich wag' es nicht
Dich anzusehn! — Ich fühle deine Nähe,
Doch deiner Schönheit Glanz läßt mich erblinden!
Ein glücklich wendend Schicksal muß es sein,
Das also deine Herrlichkeit entschleiert.
Die Nereïden sagen, daß am Tag,
Da sich des Meer's krystall'ner Schooß gespalten,
Dich zu gebären, und du standest hold
In einer Muschel blank, die auf dem Spiegel
Der friedenvollen See vorüberschwamm
An den ägä'schen Inseln und dem Strand,
Der deinen Namen trägt, da strömte Liebe
Von deinem Wesen aus wie von der Sonne
Das Feuer, das die weite Welt erfüllt —
Und Erd' und Himmel ward durch sie erleuchtet,
Des Meeres Tiefe und des Abgrunds Nacht
Mit allen Wesen, die sich d'rin verbergen,
Bis da des Schmerzes Schatten traf die Seele,
Von der das Licht kam. — Nicht allein nur ich,
Die Schwester, die Gefährtin, die Erwählte, —
Die ganze Welt sucht deine Sympathie!
Hörst du den holden Klang aus luft'gen Höh'n?
Die Liebe aller lebenden Geschöpfe

Zu dir verkündet er! Und fühlst du nicht,
Wie selbst die stille Luft entbrennt in Liebe?
O horch!

(Mufit.)

Afia.

Kein Wort klingt süßer als das deine,
Nur sein's, deß Echo deine Stimme ist!
Die Lieb' ist süß, — gespendet wie empfangen —
Und ihrer Stimme wird das Ohr nicht müde.
Wie Luft und Himmel Alles rings umspannen,
Macht sie den Wurm dem Gotte selber gleich!
Sie, die vermögen Liebe einzuflößen,
Sind glücklich, sowie ich jetzt glücklich bin;
Doch die am tiefsten sie empfinden, sind
Noch glücklicher, wie ich nach langen Leiden
In kurzer Zeit nun hoffen darf zu sein.

Panthea.

Horch! Geister sprechen!

Stimme (in der Luft singend).

Lebensquell! Die Lieb' entzündet
Deines Athems holdes Weh'n
Und dein Lächeln läßt, eh's schwindet,
Kalte Luft in Flammen stehn,
Birgt sich dann in jenen Blicken
Die mit Sehnsuchtsqual umstricken.

Kind des Licht's! Dein Leib durchschimmert
Das Gewand, das ihn umflicht,
Wie der Morgenstrahl durchflimmert
Das Gewölk, eh' er's durchbricht.
Und wohin du mögest schweben,
Wird dich Himmelsglanz umgeben.

Schön sind And're! Keiner sieht dich,
Doch dein Wort klingt süß und lind
Wie der Schönsten! — Glanz entzieht dich
Unserm Blick, du holdes Kind,
Wer dich fühlt und sieht dich nimmer,
Muß wie ich, vergehn für immer.

Licht der Erde! gleich Juwelen
Leuchtet Alles hell um dich!
Die von dir geliebten Seelen
Schwingen nach dem Himmel sich,
Bis sie taumeln, niedersinkend,
Sterbend, aber Wonne trinkend.

Asia.

Mein Geist, er ist ein Zauberkahn,
Durchziehend, wie im Traum ein Schwan,
Die Silberwellen deiner holden Sänge; —
Der b e i n e, einem Engel gleich,
Das Steuer lenkt durch's Fluthenreich,
Indeß die Lüfte füllen süße Klänge.
Für ewig scheint er so zu ziehn
Den Strom, den vielverschlung'nen hin,
Durch Kluft und Schlucht und Waldesnacht,
Ein Paradies voll wilder Pracht.
Gleich einem Schlummernden, allmälig
Zur See getragen, zieht's unwiderstehlich
Mich in ein tiefes Meer von Klängen, süß und selig.

Indessen hebt dein Geist die Schwingen
Ins Reich des reinsten Klangs zu bringen,
Im Flug der Winde, die da droben ziehn.
Und sieh'! wir wallen weiter, weiter
Der Segel baar — uns blinkt als Leiter
Kein Stern, uns lenkt die Kraft der Melodien,
Bis Himmelsgärten naht das Boot
Mit dir, du herrlicher Pilot!
Den Strand, den Menschen niemals sah'n,
Berührt nun meiner Wünsche Kahn,
Wo Lieb' die Luft, die hold in Tönen,
In Sturm und Fluth sich regt, um in schönen
Harmon'schen Klängen Erd' und Himmel zu versöhnen.

Durch's Eisgeklüft des Alters zogen
Wir, durch der Mannheit starke Wogen,
Durch's Meer der Jugend mit dem Wellenschlag,

So täuschend lind und durch die Bucht
Der Kindheit, bis nach rascher Flucht
Durch Tod und Leben winkt ein hell'rer Tag.
Ein paradiesisch Blätterzelt,
Von Blumen leuchtend rings erhellt,
Ersteht und Silberbäche thauen
Durch diese blühend wilden Auen —
Wir rasten an der holden Stelle
Und Geister, sowie du dem Aug' zu helle,
Sie wallen mit Gesang von Welle leis' zu Welle.

Dritter Akt.

Erste Scene.

(Himmel. — Jupiter auf seinem Throne. Thetis und die andern Gottheiten um ihn versammelt.)

Jupiter.

Ihr Mächte all' des Himmels, hier versammelt,
Die ihr den Ruhm theilt und die Macht des Herrn,
Freut euch! hinfort werd ich allmächtig sein!
Längst hat sich alles And're mir gebeugt
Und nur allein der Geist des Menschen loht
Gleich unverlöschtem Feuer noch gen Himmel
Mit scharfem Vorwurf, Zweifelsmacht und Klagen
Und widerwilligem Gebet. — Und also
Entfesselt er die wilde Rebellion,
Die unser uralt Reich gefährden könnte,
Wiewohl's gebaut ist auf den ält'sten Glauben
Und auf der Hölle Helferin, die Furcht. —
Und ob auch meiner Flüche Flockenwirbel,
Wie Schnee auf kahle Gipfel auf ihn fällt
Und kleben bleibt an ihm, ob in der Nacht,
In die mein Zorn ihn hüllt, er Schritt für Schritt
Des Lebens Klippen auch erklimmen muß,
Die ihn verwunden, wie das Eis verwundet
Sandalenlose Füße, dennoch bleibt
Erhaben er ob seinem Elend noch
Und strebt empor in ungezähmtem Stolz,
Doch wird er fallen bald! — Nur eben jetzt

Ein seltsam Wunder hab' ich da gezeugt:
Den Sohn dort, den verhängnißvollen, der
Der Schrecken soll der Erde sein und hier
Nur wartet bis die Schicksalsstunde kommt,
Die vom verwaisten Thron des Demogorgon
Die Schreckensmacht der Glieder bringt herauf,
Der ewig lebenden, die da bekleidet
Den fürchterlichen, unsichtbaren Geist, —
Dann steigt er nieder, tritt den Funken aus. —
Kredenz' den Wein des Himmels, Ganymed,
Wie Feuer füll' er die dädal'schen Becher,
Und ihr, ihr siegesstolzen Harmonie'n,
Steigt auf vom blumenreichen heil'gen Boden,
Wie Thau im Zwielicht von der Erde steigt!
Trinkt! laßt den Nektar, durch die Adern kreisend,
Der Freude Seele sein, ihr ew'gen Götter,
Bis euer Jubel schallt in einer Stimme
Gleich der Musik der elysä'schen Winde!

Und du, an meine Seite steig' herauf,
Vom Lichte jenes Wunsches glanzumflossen,
Der dich zu Einem macht mit mir, o Thetis,
Du glänzend Bild der Ewigkeit! — Sieh'! als
Du schriest: „O unerträgliche Gewalt!
Gott! schone mein, denn ich ertrag' sie nicht
Die wilden Flammen! — deine Gegenwart,
Sie dringt durch Mark und Bein und all mein Wesen,
Es schmilzt in jenes Feuers Glut dahin,
Gleich ihm, den die numid'sche Schlangeneidechs
In Thau zerfließen machte durch ihr Gift!" —
Im selben Augenblick geschah es, daß
Zwei mächt'ge Geister zeugten einen dritten,
Noch mächtiger als sie, der körperlos
Schwebt zwischen uns, gefühlt, doch ungesehn
Und harrend seiner leiblichen Gestalt,
Die nun heraufsteigt — (hört ihr nicht den Donner,
Der Feuerräder, die den Wind durchschneiden?) —
Vom Thron des Demogorgon: — Sieg! o Sieg!
Fühlst du, o Welt, das Erdebeben nicht?

Sein Wagen donnert den Olymp herauf!

(Der Wagen des „Geiftes der Stunde" kommt an. Demogorgon fteigt aus und schreitet auf den Thron des Jupiter zu.)

Entsetzliche Gestalt! — wer bist du? — Sprich!

Demogorgon.

Die Ewigkeit! — Verlang' nicht grauser'n Namen!
Nun steig' herab und folg' mir in den Abgrund!
Ich bin dein Kind, wie du's warst des Saturn,
Noch mächtiger, als du: Wir müssen fürder
Zusammen wohnen in der Finsterniß.
Lös' deine Blitze nicht! — Die Thrannei
Des Himmels wird nun Keiner aufrecht halten
Und Keiner mehr erneuern, der dir folgt.
Doch wenn du willst, da 's dem zertret'nen Wurm
Bestimmt ist, sich zu bäumen, bis er stirbt:
Entfess'le deine Macht!

Jupiter.

Verhaßtes Wunder!
Ich trete dich tief unter der Titanen
Gefängniß noch! — Du zögerst?
Gnade! Gnade!
Kein Mitleid? nicht Befreiung mehr, noch Aufschub?
Mach' meinen Feind zum Richter über mich!
Selbst wo er hängt im öden Kaukasus,
Gedörrt von meiner langen Rache Glut,
Wird er mich also nimmermehr verdammen.
Mild und gerecht und furchtlos, — ist er nicht
Der Herrscher jener Welt? — Wer bist denn du?
O gibt's nicht Zuflucht, noch Berufung mehr?

Sink' denn mit mir! — Wir beide werden sinken
Tief in den Wellenschooß des Untergangs,
Sowie ein Geyer sich und eine Schlange
In wildem Kampf zu wirrem Knäu'l verflochten
Und stürzen in die uferlose See.
Wohlan! So mag die Hölle denn entfesseln
Des Feuermeeres eingedämmte Fluth,
Auf daß sie in das bodenlose Nichts

Die wüste Welt versenk' und dich und mich
Den Sieger und Besiegten und das Wrack
Deß, dem ihr Kampf gegolten.
                              Wehe! weh'!
Die Elemente, sie gehorchen nicht!
Ich sinke schwindelnd hin für ewig, ewig!
Und einer Wolke gleich verdunkelt oben
Mein Feind durch seinen Sieg noch meinen Fall!
O Wehe! wehe!

Zweite Scene.

(Die Mündung eines großen Flusses an der Insel Atlantis. — Okeanos lehnt am
Ufer. Apollo steht neben ihm.)

Okeanos.

Er fiel, so sagst du, schon vom Blick des Siegers
Getroffen hin?

Apollo.

                    Ja, als der Kampf zu Ende,
Der selbst das Glanzgestirn, das ich regiere,
Getrübt und schütterte die festen Sterne,
Durchbrach der Schreckblick seines Auges noch,
Den weiten Himmel blutigroth erhellend,
Den Saum der Finsterniß, die ihn verschlang.
So schießt der letzte rothe Strahl des Tags,
Der stirbt, aus feueriger Wolken Riß
Und loht empor aus sturmdurchwühlter Tiefe.

Okeanos.

Der Schlund verschlang ihn? — Leere Finsterniß?

Apollo.

So sieht ein Aar sich plötzlich in der Wolke,
Die berstend losbricht über'n Kaukasus:
Im Wirbelwind das Flügelpaar verfangen,
Das donnernde vom Donner übertäubt,
Das Aug', das kühn dem Sonnenblick getrotzt,
Geblendet von des Blitzes weißem Licht,
Dieweil des Hagels Wucht schlägt an den Leib

Des Riesenvogels, der vergeblich kämpft
Und endlich stürzt, vom Schlossenhauf bedeckt!

Okeanos.

So wird mein himmelspiegelnd Fluthenreich
Nun fortan wogen, unbefleckt von Blut,
Vom Wind geschwellt, gleich grünen Saatgefilden,
Vom linden Hauch der Sommerluft bewegt.
Und fluthen werden meine Ströme nun
Um manchen völkerreichen Continent
Und rund um Inseln der Glückseligen.
Hoch ober den krystall'nen Thronen werden
Der blaue Proteus und die feuchten Nymphen
Den Schatten schöner Schiffe gleiten sehn,
Wie Sterbliche die lichtbelad'ne Barke
Des Mondes sehn mit jenem Silberstern
Zu Häupten seines unsichtbaren Lootsen,
Getragen von der ebbend raschen See
Des Sonnenuntergangs. Und ihre Spur
Wird nicht bezeichnet mehr von Blut und Seufzern,
Nicht von Verzweiflung und verworr'nen Stimmen
Der Sklavendemuth und des Herrschbefehls —
Nein! Nur vom Farbenglanz der Blumen mehr,
Die, Düfte spendend, sich in Wellen spiegeln,
Von sanften Melodie'n, von milden, freien
Und holden Stimmen, jener süßesten
Musik, wie sie die ew'gen Geister lieben.

Apollo.

Und ich soll fortan nicht mehr Thaten schauen,
Die das Gemüth mit Sorge mir verdüstern,
Sowie die Sonnenfinsterniß verdunkelt
Die lichte Sphäre, die ich lenke hier!
Doch horch! die kleine, klare Silberlaute
Des jungen Geistes hör' ich klingen, der
Im Morgensterne wohnt.

Okeanos.

Du mußt hinweg!
Am Abend werden deine Renner ruh'n

Und bis dahin leb' wohl! — Die laute Tiefe
Sie ruft mich eben heim, daß ich sie stille
Mit der erhab'nen Ruhe des Azurs
Aus den smaragd'nen Urnen, die gefüllt
Für immer stehn zu Seiten meines Throns.
Sieh' in der grünen See die Nereïden:
Die schlanken Glieder schwankend in der Strömung,
Die weißen Arme über's Haar gebogen,
Das niederströmt, geschmückt mit grünen Ranken
Und stern'gen Kronen aus des Meeres Blumen!
Die mächt'ge Schwester eilen sie zu grüßen,
Den heißen Glückwunsch ihrer Freude bringend.

(Man hört die Wogen brausen.)

Es ist die See, die unbehütete,
Die nun gestillt sein will. — Still, Ungeheuer!
Ich komme nun! — So leb' denn wohl!

Apollo.

Leb' wohl!

Dritte Scene.

(Kaukasus. — Prometheus. Herkules. Jone. Die Erde. Geister. Asia
und Panthea im Wagen mit dem Geist der Stunde schwebend.)

(Herkules entfesselt den Prometheus, welcher herabsteigt.)

Herkules.

Glorreichster unter allen Geistern du!
So leistet Kraft der Weisheit und dem Muth,
Der Liebe, die das Leiden überdauert
Und dir, der Form, in der sie lebend sind,
Gleich einem Sklaven Dienst!

Prometheus.

O deine Worte
Sind süßer selbst, als Freiheit, langersehnt
Und lang verzögert.
Asia! du Licht
Des Lebens, Schatten niegeseh'ner Schönheit!
Und ihr, — ihr holden Schwesternymphen dort,

Die ihr an lange Jahre mir der Qual
Durch Lieb' und Sorgfalt die Erinnerung
Versüßt — uns soll in Zukunft nichts mehr trennen!
Seht! eine Grotte weiß ich, überwachsen
Von Pflanzen, die mit üppigem Gerank
Von Blum' und Blatt das Tageslicht verhängen
Und ausgelegt mit Adern von Smaragd.
In ihrer Mitte murmelnd springt ein Quell,
Von hoher Wölbung niederhangen dort
Des Berg's gefror'ne Thränen, die wie Schnee,
Wie Silber oder diamant'ne Säulen
Verbreiten rings ein trautes Dämmerlicht.
Von Außen hört ihr dort die rege Luft,
Wie flüsternd sie von Baum zu Baume streicht
Und Vögel hört ihr und der Bienen Summen.
Und rund herum sind grüne, moos'ge Sitze,
Die rauhen Wände sind ringsum bekleidet
Mit langem, weichem Gras. — Ein schlichter Wohnsitz,
Doch wird er ewig unser Eigen sein!
Wir werden sitzen dort, von Zeiten plaudern
Und ihrem Wechsel — Ebb' und Fluth der Welt, —
Dieweil wir selber doch dieselben bleiben.
Was kann den Menschen schützen vor Verwandlung?
Und wenn ihr seufzet, seht, dann werd' ich lächeln
Und du, Jone, singst uns Melodien
Der Seemusik, bis daß ich weinen werde,
Ihr aber lächelt wieder dann hinweg
Die Thränen, die sie mir ins Auge brachte
Und die so süß doch waren zu vergießen.
Mit Blumen laßt uns und mit Knospen spielen
Und mit den Strahlen, die vom Brunnen sprüh'n
Und seltsame Gebilde formen aus
Gemeinen Dingen, wie's die Kinder thun
In ihrer Unschuld schnellverrauschten Zeit.
Mit Blicken und mit Liebesworten locken
Gedanken wir aus dem Versteck hervor
Und lieblicher sei jeder als der letzte
Aus unf'res Geistes unerschöpftem Born.
Und Lauten gleich, gerührt von jedem Wind,
Der buhlerisch durch ihre Saiten streicht,

Verweben wir die heil'gen Harmonien,
Stets neu und süß noch durch Verschiedenheit,
Wo's einen Mißklang nimmer geben kann.
Und hieher kommen auf der Winde Flügeln, —
Von allen Himmelspunkten hier sich sammelnd,
Wie, blumensatt, von Enna's luft'gem Gipfel
Die Bienen heimziehn nach Himeras Inseln —
Die Echo's alle jener Menschenwelt!
Aus ihnen spricht der Liebe leise Stimme,
Fast ungehört, in ihnen flüstert sanft
Das taubenäug'ge Mitleid seine Pein,
In ihnen klingt Musik, die selbst das Echo
Des Herzens ist und Alles, Alles spricht
Aus ihnen, was an Freuden oder Leid
Berührt des Menschen Leben, der nun frei!
Und liebliche Erscheinungen, erst dunkel,
Dann strahlend, wie die Seele wenn sie leuchtend
Aus der Umarmung sich der Schönheit hebt,
Besuchen uns, unsterbliche Gestalten
Der Malerei und hoher Bilderkunst,
Verzückter Poesie und and'rer Künste,
Noch unbekannt, die einst doch werden sein.
Die Stimmen sind sie und die Schatten ja
Von Allem, was aus Menschen werden kann,
Vermittler jenes besten Gottesdienstes,
Der ew'gen Liebe, die von ihm und uns
Gegeben und zurückgegeben wird.
Vorüberzieh'nde Bilder sind's und Klänge,
Die immer schöner, anmuthvoller werden,
Je mehr der Mensch an Güte wächst und Weisheit
Und wie ein Schleier nach dem andern werden
Das Uebel schwinden und der Irrthum fallen,
So groß ist jener Grotte Zauberkraft.

(Zu dem Geist der Stunde:)

Dir, holder Geist, bleibt noch ein Werk zu thun!
Jone, reich' ihm die gebog'ne Muschel!
Der alte Proteus gab der Asia
Sie einst zum Brautgeschenk und eine Stimme
Haucht' er hinein, der Keiner widersteht.
Du bargst im Gras sie unter'm Felsen dort.

Jone.

Du heißersehnte Stunde, mehr geliebt
Und lieblicher als deine Schwestern all,
Nimm die geheimnißvolle Muschel hier!
Sieh', wie der silbern bleichende Azur
Mit sanftem und doch glüh'ndem Licht sie streift!
Sieht es nicht aus, als schlief' Musik darin?

Geist.

Sie scheint in Wahrheit mir die schönste Muschel
Des Oceans zu sein! — Ihr Klang muß süß
Und seltsam sein zugleich!

Prometheus.

                    Geh denn! von Rennern,
Schnellfüßig, wie der Wirbelwind, getragen,
Zieh' ob den Städten du der Menschheit hin!
Noch einmal thu's der Sonne selbst zuvor
Im schnellen Kreislauf um die runde Welt,
Und während durch die funkensprüh'nde Luft
Dein Wagen schneidet, blas' ins Muschelhorn
Und löse seine mächtige Musik!
Es wird wie Donner sein, der mit dem Klang
Des Echo's sich vermischt. — Dann kehr' zurück
Und neben uns'rer Grotte sollst du wohnen.
Und Mutter Erde, du!

Erde.

                    Ich hör' — ich fühle!
Ich fühl's, wie deine Lippen mich durchglüh'n
Und wie du mich berührst, durchrieselt mich,
Die Marmornerven hier entlang, ein Schauer
Bis in des Markes diamant'nen Kern!
's ist Leben, o 's ist Freude und in meinen
Verwelkten, alten, eis'gen Körper schießt
Die Wärme ew'ger Jugend kreisend ein!
So werden denn hinfort die schönen Kinder,
Die liebend ich auf meinen Armen trage,
Die Pflanzen all und was am Boden kriecht
Und der Insekten farbenschillernd Volk,

Die Thiere all des Wassers und der Luft
Und was da lebt in menschlicher Gestalt, —
Sie, die bisher nur Pein und Krankheit sogen
Und der Verzweiflung Gift aus meiner Brust,
Sie werden d'raus nur süße Nahrung ziehn
Und süße Nahrung geben Eins dem Andern!
Sie werden künftig alle für mich sein
Wie holde, zarte Schwesterantilopen,
Von einer schönen Mutter, schneeig weiß,
Schnellfüßig wie der Wind, genährt
Am klaren Strome zwischen Lilien.
Die thau'gen Nebel meiner Nächte werden
Wie Balsam fluthen unter den Gestirnen,
Und Nachts geschloss'ne Blumen werden schlafend
In unwelkbaren Farbenschmelz getaucht.
Und Mensch und Thier in sel'gen Träumen werden
Sich Kräfte sammeln für den nächsten Tag
Mit allen seinen Freuden, und der Tod
Soll nur die letzte der Umarmungen
Von ihr sein, die zurücknimmt, was sie gab,
Wie eine Mutter wohl ihr Kind umarmt
Und sagt: Verlaß mich nimmermehr!

Asia.

     O Mutter!
Was sprichst du nur des Todes Namen aus?
Sag! Hören sie zu lieben, sich zu regen,
Zu athmen und zu sprechen auf, die sterben?

Erde.

Was frommt' es, wollt' ich dir d'rauf Antwort geben?
Du bist unsterblich, ach und jene Sprache
Ist den verschwieg'nen Todten nur bekannt.
Tod ist der Schleier, den die Lebenden
Das Leben nennen: Sieh'! sie schlafen ein
Und er ist weggehoben. — Mittlerweile
Mild wechselnd werden milde Jahreszeiten
Mit sanften Schauern unter'm Regenbogen,
Mit würz'gen Winden, blauen Meteoren,
Die flammend schießen durch die dunkle Nacht,

Mit lebensprüh'nden Pfeilen, die die Sonne
Vom immer sichern Bogen schnellt und mit
Des klaren Mondlichts thaugemischtem Rieseln
Die Wälder und Gefilde hier bekleiden
Mit ew'gem Laub, mit Blumen und mit Früchten.
Und du! — 's gibt eine Höhle, d'rin mein Geist
In Angst gequält ward, während deine Pein
Das Herz mir toll gemacht. Und die sie in sich saugten,
Sie wurden alle toll und sie erbauten
Dort einen Tempel, kündeten Orakel
Und schürten die Nationen rings zum Krieg
Und treulosem Treuebund, ganz so
Wie Zeus an dir gehandelt! Dieser Athem
Steigt nun empor, wie zwischen hohen Gräsern
Des zarten Veilchens Duft und hüllt ringsum
In reines Licht und purpurfarb'nen Aether,
Dicht, aber mild, die Felsen und die Wälder.
Er nährt den schnellen Wachsthum schlanker Reben,
Sowie des wilden Epheus dunkle Ranken
Und Blumen, knospend oder duftig blühend,
Die da den Wind mit Punkten farb'gen Lichts
Durchsternen, regnen sie durch ihn herab.
Und glänzend gold'ne Kugeln süßer Früchte,
An ihrem eig'nen grünen Himmel hangend.
Er bringt durch Blätter und durch gold'ne Stengel
In Blumen, deren purpurfarb'ne Kelche
Für immer voll sind mit äther'schem Thau,
Dem Trank der Geister — und er kreiset rund,
Sanft fächelnd, wie der Mittagsträume Schwingen,
Und flößet Ruh' und selige Gedanken
Gleich meinen ein, nun du der Uns're wieder,
Und jene Höhle soll dein Eigen sein. —
Ersteh'! — Erschein'!

(Ein Geist erscheint in Gestalt eines geflügelten Kindes.)

Dies ist mein Fackelträger!
Er ließ vor Alters einst sein Licht verlöschen,
Dieweil er starrte in ein Augenpaar,
An dem er dann von Neuem es entzündet
Mit Liebe, die wie helles Feuer ist,
Denn solches ist, was aus den deinen sprüht,

Du, meine süße Tochter! — Laufe, Junge,
Und führe diese hier jenseits des Gipfels
Des Nysa-Berg's, wo die Mänaden hausen
Und jenseits dann des Indus-Strom's und seiner
Vasallenflüsse hin. — Auf Strömen schreitet,
Auf klaren See'n mit unbenetzten Füßen,
Die nicht ermüden und kein Zögern kennen,
Die grüne Schlucht hinan und quer durch's Thal,
Am Ufer jenes stillen, klaren See's,
Auf dessen ewig glattem Spiegel ruht
Das Bild des Tempels, der den Hügel krönt.
Mit Säulen, Bogen und mit Architraven,
Und palmengleichen Capitälern ragt er,
Bedeckt mit lebensvoller Bildnerei,
Gestalten, würdig des Praxiteles.
Ein Lächeln spielt um ihre Marmorzüge,
Das rings die Luft mit ew'ger Liebe füllt.
Der schöne Tempel ist verödet nun,
Doch deinen Namen trug er einst, Prometheus!
Wetteifernd trugen dort die Jünglinge
Zu deiner Ehre durch das heil'ge Dunkel
Die Lampe hin, die dein Symbol gewesen,
Ganz so wie Jene, die der Hoffnung Fackel
Ins Grab noch tragen durch des Lebens Nacht,
Wie du sie selber im Triumph getragen
Bis an die fernen Grenzen dieser Zeit.
Nun geht! Lebt wohl! An jenes Tempels Seite,
Dort ist die Höhle, die ich euch bestimmt.

Vierte Scene.

(Wald. Im Hintergrund eine Höhle. — **Prometheus. Asia. Panthea, Jone** und
der **Geist der Erde.**)

Jone.

Er ist nicht irdisch, Schwester! — Sieh' nur, wie
Er unter'm Laub hingleitet, wie zu Häupten
Ihm flammt ein Licht, gleich einem grünen Stern,
Deß funkelnder, smaragd'ner Strahlenkranz
Verflochten scheint mit seinem schönen Haar,

Wie, wenn er sich bewegt das helle Feuer
In Flocken niederfällt hier auf das Gras!
O kennst du ihn?

Panthea.

Es ist der zarte Geist,
Der da die Erde durch den Himmel lenkt.
Von ferne nennen der Gestirne Völker
Dies Licht den allerlieblichsten Planeten.
Zuweilen schwebt er über'm Wellenschaum
Des salz'gen Meeres, oder wählt zum Wagen
Sich eine Nebelwolke, oder wandelt hin
Durch Felder und durch Städte, wenn die Menschen
Im Schlafe liegen, oder schwebt auf Gipfel
Der Berge, oder Flüsse niederwärts,
Oft auch durch grüne Wildniß, sowie jetzt
Und Alles, was er sieht, bewundert er.
Eh' Zeus regierte, liebte jener Geist
Einst uns're Schwester Asia und kam
In jeder Mußestunde zu ihr hin,
Das klare Licht aus ihrem Aug' zu trinken,
Nach dem ihn, wie er sagte, dürstete,
Gleich Einem, der vom Natternbiß verwundet;
Und ihr bewies er kindliches Vertrauen
Und theilt' ihr Alles mit, was er gesehn,
Denn er sah viel, — doch schwatzt' er kindisch drüber —
Und nannte sie — woher er stammt, er wußte
Es nicht, noch weiß es ich — allein er nannte
Sie Mutter, theure Mutter!

Erdgeist

(auf Asia zustürzend).

Mutter! theure Mutter!
So darf ich denn mit dir nun wieder plaudern,
Wie ich's gewohnt war? Darf ich meine Augen
In deinen weichen Armen wieder bergen,
Wenn sie dein Blick vor Freuden müd' gemacht?
Darf ich denn spielen wieder dir zur Seite
Die lange Mittagszeit, wenn's nichts zu thun
Gibt in der klaren, stillverschwieg'nen Luft?

Asia.

Ich liebe dich, du holdestes der Wesen
Und darf hinfort dich unbeirrt liebkosen.
Sprich immerhin! dein kindliches Geplauder,
Das einst mein Trost war, soll mich nun erquicken.

Geist der Erde.

O Mutter, ich bin weiser worden, sieh',
An diesem einen Tag — (kann auch ein Kind
Nicht weise sein gleich dir) — und glücklicher
Zugleich, ja beides: Glücklicher und weiser!
Du weißt, daß Kröten, Schlangen, ekle Würmer,
Boshaftes, giftiges Gethier und Sträucher,
Die gift'ge Beeren trugen in den Wäldern,
Mein Wandeln auf der grünen Welt gestört
Und daß es mir das Herz zusammenschnürte,
Begegnet' ich im tollen Menschentreiben
Den Männern oft mit harten Zügen, oder
Mit zorn'gen Augen, die voll Hochmuth blicken,
Mit steifem Gang, mit falschem hohlen Lächeln,
Mit stumpfem Grinsen stolzer Ignoranz
Und jenen faulen Masken all', mit welchen
Die tückischen Gedanken birgt das Wesen,
Das schöne, von uns Geistern Mensch genannt.
Und Frauen auch, das Häßlichste von Allem —
(Obgleich sie schön sind, selbst in einer Welt
In der du glänzest, wenn sie hold und gut
Und treu und wahr sind, wie du selbst) —
Das Häßlichste, wenn falsch sie oder zornig,
Sie machten mir das Herz im Leibe krank,
Zog ich an ihnen nur vorbei, wiewohl
Im Schlaf sie lagen und mich selbst nicht sah'n.
So höre denn: Mich führte jüngst mein Pfad
Durch eine große Stadt zu jenen Hügeln,
Die sie mit einem Wälderkranz umgeben.
Am Thor war eine Wache eingeschlafen.
Da plötzlich hört' man einen lauten Ton,
Die Thürme rüttelnd, die ins Mondlicht ragten
Und süßer doch, als irgend eine Stimme,

Nur deine nicht, die süßer ist als alle, —
Ein langer Ton, als wollt' er nimmer enden!
Und alle die Bewohner sprangen plötzlich
Von ihrem Lager, stürzten auf die Straßen
Und sah'n verwundert nach dem Himmel auf,
Dieweil noch immer die Musik erscholl.
Ich aber schlüpft' in einen Brunnen schnell
Auf öffentlichem Markt, in dem ich lag,
Dem Widerschein des Mondes gleich, der sich
In Wellen spiegelt unter grünem Laub.
Und bald nun zogen jene häßlichen
Gestalten und Gesichte mir vorbei,
Die, wie gesagt, mir so viel Pein gemacht.
Sie schwebten durch die Lüfte und verwehten
In allen Winden, die sie rings zerstreut.
Und die, von denen sie genommen worden,
Erschienen nun als liebliche Gestalten, —
Die häßliche Verlarvung war gefallen,
Und Alle waren irgendwie verwandelt.
Nach kurzer Ueberraschung dann und froh
Erstauntem Grüßen kehrten Alle wieder
Zum Schlafe heim und als der Tag erwachte, —
O dächtest du, daß Kröte, Schlang' und Eidechs'
Je schön sein könnten? Und doch waren sie's,
Und zwar mit nur geringer Aenderung
An Farbe und Gestalt. Sie hatten Alle
Nur abgestreift die schlechtere Natur!
Wie freut' ich mich, als über einem Teich,
Auf einem Zweig, von Gaisblatt überrankt,
Ich zwei azurene Eisvögel sah,
Wie mit den flinken, langen Schnäbeln sie
Herniederlangten um ein glänzend Büschel
Von Vogelbeeren, während in der Tiefe
Sich ihre holden Formen spiegelten,
Als wie in einem Himmel. — Also voll
Noch die Gedanken von solch' glücklichen
Veränderungen — find' ich dich nun hier,
Von allen Aenderungen dies die beste!

Asia.

Und nimmer wollen wir uns trennen mehr,
Eh' deine keusche Schwester, die den Mond,
Den frost'gen unbeständigen, geleitet,
So lange in dein wärm'res Licht geblickt,
Bis wie die Flocken Schneees im April
Ihr Herz aufthaut und sie dich liebt!

Erdgeist.

Ei wie?
Sowie die Asia den Prometheus liebt?

Asia.

Still, Herzensjunge! Bist nicht alt genug!
Du glaubst, wenn ihr euch in die Augen blickt,
Vervielfacht sich schon euer holdes Selbst
Und wird die dunkle Nacht zur Neumondszeit
Mit rothen Feuerkugeln ganz erfüllt?

Erdgeist.

Nein, Mutter! Doch es wäre allzu hart,
Müßt' ich im Finstern wandeln, während dort
Ihr Licht entzündet meine Schwester.

Asia.

Sieh'!
(Der Geist der Stunde erscheint.)

Prometheus.

Wir fühlen wohl, was du gehört, gesehn,
Doch sprich!

Geist.

Bald als der Ton verklungen war,
Deß Donner alle Tiefen rings erfüllt
Des Himmels und der weiten Erde, jetzt,
Da trat urplötzlich eine Wandlung ein:
Der dünne Aether und das Sonnenlicht,
Das allumstrahlende, sie wurden da
Verwandelt, als ob das Gefühl der Liebe,
In ihnen aufgelöst, sich mälig um

Die runde Welt geschmiegt. Und mein Gesicht
Ward klarer, und ich durfte blicken tief
In die Geheimnisse des Universums.
Im Freudentaumel schwebt' ich da hernieder,
Die klare Luft mit wollustmatten Flügeln
Durchfächelnd, während meine Renner nun
Die Sonne suchten — ihre Heimat — auf.
Sie werden dort, nun aller Arbeit ledig,
Nur weiden unter feurighellen Blumen,
Dieweil mein mondengleicher Wagen steht
In einem Tempel unter Marmorbildern,
Wie von der Hand des Phidias geformt,
Von dir und Asia und der Erd' und mir
Und auch von euch, ihr schönen Nymphen dort,
Die Lieb' im Aug', die uns're Herzen füllt.
So soll er stehn zum ewigen Gedächtniß
Der frohen Botschaft, die er einst gebracht,
Von einer hohen Kuppel überwölbt,
Die, mit erhab'nen Blumen reich geziert,
Getragen von zwölf schlanken Säulen wird
Aus glänzendem Gestein, durch die hindurch
Des Himmels ewig heit're Decke schimmert.
Und vor dem Wagen, in das Joch gespannt,
Das eine Ringelnatter formt, seht ihr
Das Abbild meiner Flügelrosse auch,
Als wären sie im schnellen Lauf begriffen,
Von dem sie rasten jetzt. — Doch ach, wo schwärmt
Da meine eitle Zunge hin und läßt
Doch unerzählt, was ihr ja hören wollt!?
Nun, wie gesagt: Zur Erde schwebt' ich nieder!
Es war, wie jetzt noch, eine wonn'ge Qual
Zu regen sich, zu athmen und zu sein. —
Als zwischen menschlichen Behausungen
Ich also strich, war ich zuerst enttäuscht,
Denn solchen mächt'gen Wechsel sah ich nicht
In Außendingen ausgedrückt, wie ich
Tief innen ihn gefühlt. Doch balde sah
Ich näher zu, und königlose Throne
Ward ich alsbald gewahr und daß die Menschen
Nun friedlich Einer mit dem Andern gingen

Sowie 's die Geister thun. Und Keiner kroch
Und Keiner trat den Andern; weder Haß,
Noch Furcht, noch Stolz, noch eitel Eigensucht,
Noch Selbstverachtung standen mehr geschrieben
Auf Menschenstirnen, sowie über'm Thor
Der Hölle steht in Flammenschrift zu lesen:
„Der du hier eintrittst, laß die Hoffnung fahren!"
Und Keiner zürnte, Keiner bebte, Keiner
In banger Furcht erhob nach eines Andern
Gebieterischem Aug' den scheuen Blick,
Um erst der Sklave der Despotenlaune
Und dann, was schlimmer noch, des eig'nen Willens
Zu sein, der ihn, ein müdgehetztes Roß,
Zu Tode spornt. Kein Einziger verzog
Zu heuchlerischer Miene seine Lippen
Die Lüge lächelnd, welche seine Zunge
Verschmäht zu sprechen. Keiner, frechen Hohns
Zertrat die Funken in dem eig'nen Herzen
Von Lieb' und Hoffnung, bis nur bitt're Asche
Zurückgeblieben als der Seele Rest,
Die selber sich verzehrt und elend dann
Als ein Vampyr sich unter Menschen schlich,
Bis daß der Pesthauch ihres eig'nen Uebels
Die Andern angesteckt. Ach! Keiner sprach
Die hohle, kalte und gemeine Sprache,
Die unser Herz verleugnen läßt das „Ja",
Das uns're heuchlerische Lippe spricht
Mit jener Falschheit, welche, And're täuschend,
Uns endlich zwingt, uns selber mißzutrau'n.
Auch schöne Frauen wallten, rein und gut,
Sowie der freie Himmel, der herab
Auf uns're Erde streuet Licht und Thau,
Gestalten, hold und glänzend, die noch nicht
Berührt der More widerliche Schminke —
Und Weisheit sprach ihr Mund, die sie zuvor
Zu denken nicht vermocht und es verriethen
Gefühle ihre Blicke, die vorher
Sie zu empfinden bangten. Ja, verwandelt
Erschienen sie zu Allem, was sie nimmer
Vorher gewagt zu sein und machten also

Die Erde gleich dem Himmel. Eiferfucht
Und blaffer Neid und Stolz und falfche Scham,
Die fchlimmften Tropfen langgenährter Galle
Vergifteten nicht mehr den füßen Hauch
Der blühenden Nepenthe nun — der Liebe.

Altäre, Throne, Tribunale, Kerker,
Von unglückfel'gen Menfchen einft befetzt,
Die Scepter trugen, Tiara's, Schwerter, Ketten
Und Folianten voll verbrehten Rechts,
Bewundert ftets von blödem Unverftand,
Sie glichen nun den ungefchlachten Bildern,
Gefpenftern eines längft verfcholl'nen Ruhms,
Die im Triumph von ihren Obelisken
Auf Gräber und Paläfte Jener fchauen,
Die da vor Zeiten ihre Sieger waren.
Und fo wie Jene, die da einft der Hochmuth
Der Priefter und der Könige gefchaffen,
Ein finft'rer, mächt'ger Glaube, eine Macht,
So groß, wie jene Welt, die fie verheert,
Und jetzt doch nichts find, als ein Gegenftand
Befremdeten Erftaunens — ebenfo
Stehn die Geräthe und Symbole noch
Der letzten Sklaverei der Menfchheit da,
Zwar nicht vernichtet, aber unbeachtet.
Und all die Schreckgeftalten, die gehaßt
Von Gott und Menfchen unter vielen Namen
Und Formen, fremd und wild und graus — fie waren
Nur Einer: Jupiter, der Welttyrann,
Er, dem die Völker furchtgelähmt nur dienten
Mit ihrem Blut und mit gebroch'nen Herzen,
Am kahlen Altar felbft die Liebe opfernd,
Mit heißer Thränen ohnmächtiger Fluth
Sie fchmeichelten dem Ding, vor dem fie bebten
Und ihre Furcht war Haß, verbiff'ner Zorn.
Nun modern auf verlaffenen Altären
Die Bilder all und der bemalte Schleier,
Den „Leben" nannten Jene, die da waren,
Und der mit fchillernd buntem Farbenfpiel
Der Menfchen Lieben und ihr Hoffen äffte,

Er ist für immer nun hinweggezogen.
Die ekelhafte Larve ist gefallen!
Befreit nun bleibt der Mensch und scepterlos,
Beengt durch keine Schranke, Jeder gleich
Dem Andern, ohne Rang und Stamm, gebunden
An keine Scholle — Bürger nur der Welt,
Befreit von Furcht und huldigender Demuth,
Sein eig'ner König, mild, gerecht und weise;
Nicht ohne Leidenschaft, doch ohne Schuld
Und Schmerz, die einstmals seine Seele drückten,
Weil er sie selbst geschaffen und gebuldet.
Und kann der Mensch sich auch dem Tode nicht,
Dem Zufall, der Veränd'rung nicht entziehn,
Er weiß sie doch wie Sklaven zu beherrschen,
Sie, die sich wie Gewichte an ihn hängen,
Der sonst sich schwänge auf den höchsten Stern,
Der oben glänzt am unerstieg'nen Himmel
Im Aetherraume der Unendlichkeit.

Vierter Akt.

(Ein Theil des Waldes nächst der Höhle des Prometheus. Panthea und Jone
schlafend. Sie erwachen allmälig während des ersten Gesanges.)

———

Stimmen unsichtbarer Geister.

Die bleichen Sterne sanken hinab,
Schon trieb die Sonne, ihr flinker Schäfer
Zur Hürde mit goldenem Hirtenstab
In Tiefen der Dämm'rung die holden Schläfer
Wie Meteore schnell und sie flogen
Rasch hinter des Himmels blauen Bogen,
Gleichwie das Reh vor dem Pantherthier,
　　Doch wo seid ihr?

(Ein Schwarm dunkler Gestalten und Schatten schwebt singend vorüber.)

Hier, o hier
Tragen wir
Auf der Bahr'
Die Mutter von manchem vernichteten Jahr!
Die Geister der Stunden
Sind wir, die entschwunden
Und tragen die Zeit
Nach ihrem Grab in der Ewigkeit.

Nur Locken heut',
Nicht Eiben streut!
Gießt Thränen, nicht Thau
Auf das Bahrtuch, vom Staube grau,

Mit Blüthen bleich
Aus des Todes Reich
Sei bedeckt und umwunden
Die Bahre der todten Kön'gin der Stunden!

Eilt ohn' Ermatten,
Gejagt, wie Schatten
Vor'm Tag mit Beben
Vom blauen Morgenhimmel entschweben.
Hinschmelzend im Raum,
Versprühend wie Schaum
Entfliehen wir eilig
Vor den Kindern des Tag's, der endlos und heilig,
Wie der Schlummergesang
Des Wind's, der verklang
Und starb dahin
An dem Busen der eig'nen Harmonie'n!

Ione.

Was waren das für Spukgestalten?

Panthea.

Die Stunden, die vorüberwallten,
Ergraut und schwach, mit bleichen Schwingen,
Die Beute tragend, die ihre Kraft
Nach jenem Siege zusammengerafft,
Den nur ein Einz'ger konnt' erringen.

Ione.

Sind sie vorbei?

Panthea.

Vorüber sind
Sie schneller, als der Wind!
Noch eh' du's sagst, sind sie entflogen!

Ione.

Wohin, wohin sind sie gezogen?

Panthea.

Ins Vergang'ne, ins Grab,
Zu den Todten hinab!

Stimmen unsichtbarer Geister.

Lichtwolken am Himmel,
Thausternchen auf Erden,
Die Meersluth bewegt
Von Wogengewimmel.
Ein Sturm des Entzückens im Wellenrevier,
Sie tanzen erregt
Mit Jubelgeberden,
Doch wo seid ihr?

Die Fichten singen
Mit neuer Lust,
Die Wellen tönen,
Die Quellen klingen
Wie Melodien eines Geistes allhier.
Die Stürme dröhnen,
Wie der Berge Brust,
Doch wo seid ihr?

Jone.

Wer sind die Wagenlenker?

Panthea.

Wo die Wagen?

Halbchor der Stunden.

Die Stimmen der Geister der Luft und der Erden,
Sie machten den Vorhang des Schlafes los,
Der unser Daseiu bedeckt, wie einst unser Werden
In der Tiefe Schooß!

Eine Stimme.

In der Tiefe Schooß?

Zweiter Halbchor.

O unter der Tiefe Schooß!

Erster Halbchor.

Wir waren gewiegt in Träume tief,
Von Sorg' und Haß seit Aeonen,
Und Jede, die wacht', wo die Schwester schlief,
Fand Schlimm'res noch —

Zweiter Halbchor.

Als ihre Visionen!

Erster Halbchor.

Wir hörten die Leyer der Hoffnung im Schlaf,
Wir kannten die Stimme der Liebe im Traum,
Wir springen, da weckender Zauber uns traf,

Zweiter Halbchor.

Wie am Morgen die Wellen mit rosigem Schaum.

Chor.

Den Reigen schlingt, getragen von Winden,
Den Himmel durchdringt mit der Lieder Macht,
Bezaubert den Tag, der so rasch im Entschwinden
Und hemmt seinen Lauf nach den Höhlen der Nacht.

Einst waren die hung'rigen Stunden wie Hunde,
Sie jagten den Tag wie ein blutendes Wild,
Und strauchelnd enteilt er mit klaffender Wunde
Durch öder Jahre nächtlich Gefild'.

Doch nun sei der mystische Reigen gewunden
Von Lichtgestalten, Gesang und Tanz,
Mit den Geistern der Freude und Macht laßt die Stunden
Wie Wolken und Sonne sich einen im Glanz.

Eine Stimme.

Eint euch im Glanz.

Panthea.

Sieh dort die Genien nah'n der Menschenseele,
Gehüllt in Wohlklang wie in lichte Schleier!

Chor der Geister.

Wir folgen dem Schwall,
Dem Tanz und dem Schall
In stürmischer Freude wirbelndem Drängen,
Gleich fliegenden Fischen,
Die aus Wogen zischen,
Halbschlafenden Vögeln der See sich zu mengen.

Chor der Stunden.

Von wannen kommt ihr? — Die Blitzesstrahlen,
Ihr stürmischen Geister, sind eure Sandalen!
Wie Gedanken schnell ist das Flügelpaar,
Der Blick, wie die Liebe, des Schleiers baar!

Chor der Geister.

Vom Menschengeist sind
Genaht wir, der blind
Und stumpf und verworfen erst jüngst noch war,
Nun ist er ein Meer,
Ein Himmel, der sonnig und frieblich und klar.

Aus den Tiefen zurück
Von Wunder und Glück,
Darin die Höhlen krystall'ne Paläste,
Von der Thürme Pracht,
Wo Gedankens Macht,
Ihr glücklichen Stunden, bewacht eure Feste.

Aus dem Heim der Liebe,
Wo zärtlich Getriebe
Euch fassen will an den flatternden Flechten.
Von den Inseln blau,
Wo die Weisheit schlau
Die Schiffe euch hemmt mit Syrenenmächten.

Aus den Tempeln hervor,
Von Aug' und Ohr
Ob allen Künsten der Musen erbaut;
Aus murmelnden Wellen
Entsiegelter Quellen,
D'rin Weisheit däbalische Schwingen bethaut.

In der Jahre Fluth,
Durch Thränen und Blut,
Eine Hölle von Haß und Hoffen und Bangen
Durchwallten wir und
Gewahrten den Grund
Nur selten, dem Knospen des Glückes entsprangen.

Uns'rer Füße Schritt
Bringt Ruhe nur mit,
Balsamischer Regen den Flügeln entthaut,
Und unsere Augen
Nur Liebe nun saugen,
Die wandelt zum Eden, all was sie schaut.

Chor der Geister und Stunden.

So sei nun des Reigens Gewebe gesponnen,
Aus Tiefen des Himmels, von Enden der Erde,
Kommt, flinke Geister der Macht und der Wonnen,
Zu Tanz und Gesang mit Jubelgeberde,
Sowie von tausend Strömen die Wellen
Zum Meere von Glanz und Wohlklang schwellen.

Chor der Geister.

Der Sieg ist errungen,
Das Werk ist gelungen,
Wir tauchen und fliegen, durch nichts mehr beengt,
Im wirbelnden Lauf,
Bald hinab, bald hinauf,
Bald im Kreise, der dunkel das Weltall umfängt.

An den Augen der Welt,
Am Sternenzelt
Vorbei in die grauen Tiefen wir ziehn,
Nacht, Chaos und Tod
Vor unserm Gebot
Wie vor dem Sturme die Nebel entfliehn.

Luft, Erde und Glanz
Und der Geist, der zum Tanz
Die Sterne treibt in feurigem Flug,
Leben, Lieb' und Gedanken,
Die den Tod umschranken,
Sie folgen begleitend stets unserem Zug.

Unser Sang soll erbauen
Im Aether, im blauen,
Dem Geiste der Weisheit ein himmlisches Land,

Dein neuen Reich
Des Menschengeist's gleich
Sei dies Werk das Werk des Prometheus genannt.

Chor der Stunden.

Unterbrecht nun, ihr Geister, den Tanz, den Gesang!
Laßt j e n e dort ziehn, haltet d i e s e zurück!

Erster Halbchor.

Es treibt unser Flug den Himmel entlang!

Zweiter Halbchor.

Uns fesselt der Erde Entzücken und Glück!

Erster Halbchor.

Ohn' Unterlaß, rasch und stolz mit der Schaar
Der Geister, die Erde und See erneuen,
Einen Himmel schaffen, wo keiner noch war.

Zweiter Halbchor.

Laßt feierlich leise, verklärten Gesichts
Den Tag uns geleiten, die Nacht zerstreuen
Mit der Macht einer Welt vollkommenen Licht's.

Erster Halbchor.

Wir umwirbeln den Aether, der langsam sich ballt,
Bis Bäume und Thiere und Wolkengestalt
Dem liebebeschwichtigten Chaos entsteigen.

Zweiter Halbchor.

Wir umkreisen der Erde Berge und See'n
Und selige Formen von Tod und Entstehn,
Sie wandeln und wechseln nach unserem Reigen.

Chor der Stunden und Geister.

Unterbrecht nun, ihr Geister, den Tanz, den Gesang,
Laßt diese verbleiben und jene zur Ferne
Sich weiter schwingen, — wir leiten durch's Meer
Des Aethers, an Zügeln entlang,
So leicht und so stark, wie die Strahlen der Sterne,
Die Wolken, vom Regen der Liebe so schwer.

Panthea.

Ha! sie entfloh'n!

Ione.

        Doch fühlst du das Entzücken
Nachzittern nicht, genoss'ner Seligkeit?

Panthea.

Dem grünen Hügel gleich, auf den herab
Der Regen einer leichten Wolke thaute
Und der mit tausend sonn'gen Tropfen dann
Empor zum unbedeckten Himmel lacht.

Ione.

Dieweil wir sprechen klingen neue Töne!
Was ist das für ein feierlicher Klang?

Panthea.

's ist die erhabene Musik der Welt,
Die, wie sie rollt, dem Saitenspiel der Luft
Aeol'sche Melodien entlockt.

Ione.

        Horch nur,
Wie and're Klänge füllen jede Pause,
Die silberklar und eisig scharf das Ohr
Durchdringen und dann in der Seele leben,
Sowie der Sterne scharfe Strahlen brechen
Durch die krystall'ne Winterluft und schauen
Dann auf sich selber in des Meeres Spiegel.

Panthea.

Doch sieh', wo in zwei Schattengänge dort,
Von hangendem Gezweige überdeckt,
Der Wald sich theilt und wo zwei Silberadern
Sich eines Bächleins in dem dichten Moos,
Von Veilchen ganz durchwoben, ihren Weg
Gebahnt, den melodienreichen, wie
Zwei Schwestern, die mit Seufzern sich getrennt,
Um freudig lächelnd wieder sich zu finden!
Zu einer Insel holden Kummers ward

Die Trennung, d'rauf von trauernden Gedanken
Ein Wald sich hebt. — Sieh dort zwei Lichtgestalten
Von selt'nem Glanz mit dem gewalt'gen Klang
Hingleiten, der wie Meeresbrausen schwillt
Und immer stärker jetzt und voller strömt,
Tief unter'm Grund und in der stillen Luft.

Jone.

Sieh dort den Wagen, gleich dem dünnen Boot,
Das da der Monde Mutter durch die Ebbe
Der Nacht nach ihrer Höhl' im Westen trägt,
Wenn sie aus Neumondsträumen springt empor.
In Kreisform wölbt sich d'rob ein Baldachin
Von holdem Dunkel und die Hügel all
Und Wälder sehn durch jenes Schleiers Düster
Gleich Schatten aus in eines Zaub'rers Spiegel.
Des Wagens Räder bilden dichte Wolken,
Azur'n und golden, wie die Genien
Des Sturm's sie thürmen auf der glüh'nden See,
Wenn sich die Sonne in die Wellen stürzt.
Sie rollen und bewegen sich und wachsen,
Vom Windeshauch getrieben und geschwellt.
Und d'rin sitzt ein geflügelt Kind — so weiß,
Wie glänzend Weiß des frischgefall'nen Schnee's,
Die Federn gleichen zarten Frostgebilden,
Darauf die Sonne scheint, — die Glieder schimmern
Weiß durch den windgeschwellten Faltenwurf
Des schneeigen Gewandes, das ein zart
Gewebe aus äther'schen Perlen ist.
Sein Haar ist weiß, wie schimmernd weißes Licht,
Das Strahlen wirft, doch seine beiden Augen
Sind Himmel von durchsicht'gem Dunkel, das
Die Gottheit, die d'rin wohnt, scheint auszuströmen,
Sowie ein Sturm aus zack'gen Wolken strömt
Und mildert rings die strahlend kalte Luft
Mit Feuer ohne Glanz. — In seiner Hand
Schwingt's einen zitternd bleichen Mondenstrahl,
Von dessen Spitze aus geheime Macht
Den Wagen lenkt auf seinen Wolkenrädern,
Die, wie sie rollen über Gras und Blumen

Und Wellen hin, so süße Töne wecken,
Gesang des Regens gleich von Silberthau.

Panthea.

Und jener andern Lichtung dort im Wald
Entrauscht im Wirbelsturm der Harmonie'n
Ein Ball, gefügt aus tausenden von Bällen,
Fest wie Krystall und doch durchfließt ihn ganz,
Als wär's durch leeren Raum, Musik und Licht:
Umfassend und umfaßt, zehntausend Kreise,
Sie blitzen purpurroth und blau und weiß
Und grün und golden, Ring in Ring verschlungen,
Und alle Zwischenräume sind bevölkert
Mit wunderbaren, seltsamen Gestalten,
Wie sie Gespensterträumen in der Nacht,
Der unerleuchteten entsteigen, doch
Durchsichtig, daß die andern keine deckt.
Und sieh'! die Sphären durcheinanderwirbelnd,
Sie drehen sich in tausendfachem Flug
Um tausende von unsichtbaren Achsen.
Mit der Gewalt der selbstzerstörenden
Geschwindigkeit, erhaben doch und leise,
Im Feiergange rollen sie dahin
Und mannigfalt'ge Töne ringen sich
Von ihnen los und klingen ineinander
Mit deutlich klarem Wort und wilden Sängen.
Und von dem Wirbel dieses Sphärenknäuels
Wird da der klare Fluß, durch den er streicht,
In blaue Nebel aufgelöst, so dünn
Und leicht, wie Licht und Luft. — Und das Arom
Der Waldesblumen, die Musik der Winde,
Des Grases Flüstern, das smaragd'ne Licht
Der Strahlen, die im Blätterdach gefangen,
Von der gewalt'gen Eile dieser Sphären,
Die doch zugleich sich selbst zu hemmen scheint,
Sie einen sich zu einer luft'gen Masse,
Die unsern Sinn berauscht. — Inmitten aber
Des Ball's, auf Alabasterarmen ruht,
Gleich einem Kind, von holdem Spiel ermüdet,
Auf dem geschloss'nen Schwingenpaare schlafend

Und zartgewelltem Haar, der Geist der Erde.
Und du kannst sehn, wie seine zarten Lippen
Im lichten Schimmer ihres eig'nen Lächelns
Sich regen leis', als ob in Träumen er
Von süßen Dingen spräche, die er liebt.

Ione.

Er ahmt nur nach des Balles Harmonie.

Panthea.

Und sieh' aus einem Stern ob seiner Stirne,
Gleich Feuerschwertern oder gold'nen Speeren,
Mit Myrthen überwunden, zum Symbol,
Daß Erd' und Himmel Eins nun, schießen Strahlen,
Wie Speichen eines unsichtbaren Rades.
Sie wirbeln, wie der Erdkreis, schneller als
Gedanken, füllend so den Abgrund aus
Mit sonnengleichen Blitzen und bald senkrecht,
Bald quer durchdringen sie den dunklen Boden
Und legen, weiterbringend das Geheimniß
Dann von der Erde tiefem Herzen bloß:
Endlose Minen von Demant und Gold,
Werthlos Gestein und wiederum Juwelen
Von ungeträumtem Werth und Höhlen, die
Auf mächt'gen Säulen ruhen von Krystall
Und rings bedeckt sind mit lebend'gem Silber.
Und unergründlich tiefe Feuerschlünde
Und Quellen auch, von denen, wie ein Kind,
Die große See sich nährt und deren Dämpfe
Der Erde königliche Berge hüllen
In königlichen Hermelin aus Schnee.
Die Strahlen schießen weiter und beleuchten
Die trauernden Ruinen längstverwich'ner
Epochen: Anker, Schiffesschnäbel, Planken,
Die schon zu Marmor wurden, Köcher, Helme
Und Speere und gorgonenhäupt'ge Schilde,
Der Sichelwagen Räder und den Zierrath von
Trophäen, Bannern und von Wappenthieren,
Um welche einst der grause Tod gegrinst,
Begrabene Symbole der Zerstörung,

Ruinen jetzt inmitten von Ruinen.
Zur Seite hier die Trümmer stolzer Städte,
Bewohnt von Völkern, die die Erde deckt,
Die sterblich waren, aber menschlich nicht.
Seht ihre ungeheuren Werke liegen,
Ihr widriges Gebein und Marmorbilder
Von ihrer Hand und Häuser dort und Tempel,
Gestalten wunderbar, die in das Grau
Gehüllt nun der Vernichtung und zersplittert,
Versenkt nun in die dunkle Tiefe sind.
Und über diesen liegen die Skelette
Beschwingter Thiere, die uns fremd und Fische,
Die einst lebend'ge Schuppeninseln waren,
Und Schlangen, Knochenketten, rings gewunden
Um Eisenklippen, oder tief vergraben
In Haufen Staub's, zu dem ihr Todeskrampf
Die Klippen einst, die eisernen zermalmt.
Und d'rüber der geschuppte Alligator,
Das mächt'ge Nilpferd, das die Erd' aufwühlte,
Sie, die Monarchen einst der Thiere waren,
Die an den schlamm'gen Küsten und auf weitem,
Unkrautbewachs'nem Festland sich vermehrten
Und wuchsen, wie die Würmer wohl im Sommer
Auf dem verlass'nen Leichnam, bis herab
Von blauer Wölbung Fluthen stürzten, die,
Gleich einem Mantel eingehüllt den Erdball
Und sie lautklagend heulten und verröchelnd
Anheim nun fielen der Vernichtung, oder
Ein Gott auf schwebendem Kometenthrone
Vorüberfliegend ihnen rief: Seid nicht!
Und sie, gleich meinem Worte, — nicht mehr waren.

Der Erdball.

Triumph und Freude, die den Sinn berücken!
O überströmend grenzenlos Entzücken!
O der Begeist'rung Taumel, ungezügelt!
O wonniges Gefühl, das mich umwebt
Mit einem Lichtkreis und das mich erhebt
Gleich einer Wolke, die der eig'ne Hauch beflügelt!

Luna.

Mein Bruder, der so stille wandernd geht,
Aus Land und Luft, du glücklicher Planet!
Dir entringt ein Geist wie ein Lichtstrahl sich,
Durchzitternd meine frostige Gestalt,
Und sieh'! Es bringt der Wärme Allgewalt
Mit Lieb' und Duft und Klängen wonniglich
      In mich, in mich!

Der Erdball.

Ha! ha! Die Höhlen meiner Berge dröhnen,
Die Feuerschlünde und die Quellen tönen,
Sie schlagen unauslöschliches Gelächter auf!
Die Oceane, Wüsten und die Klüfte,
Die ungemess'nen Wildnisse der Lüfte
Aus Wolken und aus Wellen geben Antwort d'rauf!

„Gekrönter Fluch!" — so schrei'n sie laut mit mir —
„Der unser ganzes Universum hier
Zerstören wolltest und aus einer Wolke dampfend
Herniederregnen lassen heiße Steine,
Zerschmetternd meinen Kindern die Gebeine,
All, was mein Schooß gebar, zu einem Chaos stampfend —

„Bis alle Thürm' und Säulen rings hienieden,
Paläste, stolze Tempel, Pyramiden,
Umwölktes Schneegebirge mit dem Feuerkamm,
Mein Wäldermeer, die Früchte all und Blüthen,
Die ich als Grab und Wiege soll behüten,
Von deinem Haß zertreten war zu todtem Schlamm —

„Wie wardst vom durst'gen Nichts du aufgesogen,
Dem Wasser gleich, mit dem ein Trupp gezogen —
Durch's Wüstenmeer, ein winz'ger Tropfen nur für Alle!
Und Liebe schießt nun allwärts in den Raum,
Den du erfüllt, seit du vernichtet kaum,
Sowie ein Blitz fährt in die Kluft mit Donnerschalle."

Luna.

Auf meiner todten Berge Zinnen
Löst sich der Schnee und Quellen rinnen,

All meine Meere fluthen, singen, scheinen,
Aus meinem Herzen strömt ein Geist,
Der warm und fruchtbar werden heißt,
Den kalten Busen mein: Ich fühl' den beinen
　　Am meinen, am meinen!

Ich seh' dich an und fühl' und weiß,
Bald blühen Blumen, treibt das Reis,
Es regt sich bald lebendiges Getriebe,
Musik erklingt in Luft und Meer
Und Wolken fliegen hin und her,
Vom Regen schwer, geträumt vom Knospentriebe,
　　's ist Liebe, 's ist Liebe!

Der Erdball.

Ich fühle sie mir den granit'nen Leib durchdringen
Von Staub und Wurzeln hier, die wirre sich verschlingen,
Bis zu dem höchsten Laub und zarten Blumendüften,
In Windes Flügeln lebt sie, in der Wolken Lauf,
Sie weckt vom Schlaf die lang vergess'nen Todten auf,
Und Geist und Leben steigt aus ihren finstern Grüften.

Und wie ein Sturm durchbricht der dunklen Wolken Haft
Mit lautem Donner und des Wirbelwindes Kraft,
Steigt Liebe aus des Seins verborg'nen, finstern Schlünden!
Mit der Gewalt des Erdbebens macht sie schwanken
Das dumpfe Chaos hier der stockenden Gedanken,
Bis Haß und Furcht und Pein wie hohle Schatten schwinden,

Dem Menschen weichend, der, ein Spiegel mannigfalt,
Durch Zerrgebilde einst von trüglicher Gestalt
Die Welt entstellt, nun ward ein liebespiegelnd Meer,
Das alles Sein umfängt, dem sonn'gen Himmel gleich,
Der mild und heiter schwebt ob klarem Fluthenreich,
Und Leben strahlt und Licht aus stern'gen Tiefen hehr,

Ihn fliehend, wie man flieht vor'm aussatzkranken Kinde,
Das in des Waldes Schooß folgt einer siechen Hinde
Zum Felsen, d'raus hervor heilkräftig quillt ein Bronnen.

Wenn rosig lächelnd es dann heim zur Mutter wallt,
Meint Jene ein Gespenst zu sehn, doch deckt sie bald
Mit Freudenthränen heiß das Kind, das neu gewonnen.

Mensch! — o nicht Menschen mehr! — in einer Kette Bann
Von Lieb' und Macht vereint, die Keiner trennen kann,
Die Elemente all mit eh'rner Kraft bekämpfend,
Sowie die Sonne lenkt mit des Thrannen Blick
Der ruhelosen Sterne große Republik,
Des Himmels Freiheit so, die allzu wilde dämpfend!

Mensch! eine Seele jetzt von vielen Seelen nur,
Deß göttlich Tribunal die eigene Natur,
D'rin Alles fließt ins All, wie Flüsse nach der See!
Alltägliches verklärt der Liebe holder Strahl,
Mühsal und Schmerz, sie ruh'n im grünen Lebensthal,
Raubthiere, die gezähmt, wie's Keiner ahnte je.

Sein Wille, sonst von all den Leidenschaften blind
Und eitlen Sorgen, die ihm Satelliten sind,
Ein Geist, zum Herrschen schlecht, — nur fähig sich zu schmiegen,
Ist nun ein sturmbeschwingt Gefährt' — die Liebe lenkt
Es durch den Wogenbraus, der 's nimmermehr versenkt
Die wild'ste Küste muß sich seiner Herrschaft fügen.

Erkannt ist seine Macht! Den kalten Marmorstein,
Die todte Farbe selbst durchziehn die Träume sein,
Goldfäden, die dem Kind zum Kleid webt Mutterliebe
Und seine Rede tönt gleich orphischem Gesang,
Der mit dädal'schen Harmonie'n der Formen Drang
Und der Gedanken lenkt, der sonst gestaltlos bliebe.

Sein Sklave ist der Blitz, — in Himmelstiefen klar
Kennt er die Sterne, die vor ihm gleich einer Schaar
Gezählter Lämmer ziehn und ihm entgeht nicht eins!
Sein Renner ist der Sturm — frei schwebt er durch die Luft,
Birgst ein Geheimniß du, o Himmel? also ruft
Der Abgrund — mich enthüllt der Mensch — ich habe kein's!

Luna.

Von meinem Pfad durch's Himmelreich,
Sah ich des Todes Schatten bleich,
Das Leichentuch von Schlaf und Frost entfliehn.
Und meine Büsche, neu erblüht,
Durchwandeln Paare, lieberglüht,
So mächtig nicht, doch mild, wie sie, die ziehn
    Durch deine Thäler hin.

Der Erdball.

Wie schmelzend milder Dämm'rung Wärme sinkt
Auf frost'gen Thau, der grün und golden blinkt,
Bis er beflügelt sich als leichter Nebel hebt
Zur blauen Himmelswölbung aus dem Thal
Und Abends noch im letzten Sonnenstrahl,
Ein amethyst'nes Vließ, hoch ob dem Meere schwebt.

Luna.

Dich hüllet und umglüht
Ein Licht, das nie versprüht,
Der eig'nen Lust, ein Licht der Himmelsruh',
Aus allen Sonnen strömt mit Macht
Dir Leben, Kraft und Licht und Pracht,
Die dich durchglüh'n — dein Licht dann sendest du
    Mir zu, mir zu!

Der Erdball.

Gedeckt von meines Schattens Pyramide,
Zum Himmel ragend, wiegt mich sel'ger Friede,
Indeß mein Mund entzückte Siegesfreude haucht,
Ein Jüngling, der, in Liebestraum gewiegt,
Im Schatten seiner eig'nen Schönheit liegt,
Der seine Ruh' bewacht, in Glut und Licht getaucht.

Luna.

In sanftem Dunkel wonniglich
Trifft Seel' und Seel' im Kusse sich,
Wird matt das Aug' und still das Herz, das schwoll:
So, wenn dein Schatten fällt auf mich,
Dann werd' ich stumm, — bedeckt durch dich —

Von dir, o Stern, aus dem mein Leben quoll,
    Voll, o zu voll!
Um die Sonne geht dein Kreis,
Erdball, aller Welten Preis,
Der du leuchtest blau und grün
Durch ein Licht, vor dessen Glüh'n
All die Himmelsleuchten schwinden,
Denen Leben ward und Glanz!
Deine Buhle, fühl' ich ganz
Eine Kraft mich an dich binden,
Sowie die magnet'sche Macht,
Die in Liebchen's Auge wacht.
Ich, ein Mädchen, lieberregt,
Deren schwaches Hirn nicht trägt
Ihrer Liebe freudig Beben,
Muß dich sinnberückt umschweben,
Eine nimmersatte Braut,
Die ringsum dein Bild beschaut,
Wie Mänaden einst die Schale,
Welche Agaue zum Mahle
Bot in Cadmos' Zauberwald.
Bruder, wo dein Flug auch wallt,
Eilend folgen muß ich dir
Durch des Himmels Glanzrevier!
Dein Umarmen weiß zu wehren,
Daß ich da versink' im Leeren,
Dir entströmt und mich durchweht
Schönheit, Glanz und Majestät!
Den Verliebten gleich' ich dann
Oder dem Chamäleon,
Das in des Geschauten Bann
Annimmt dessen Farbenton.
So das Veilchen in der Au
Blicket in des Himmels Blau,
Bis daß es ward, wie er, nach dem es sieht,
So der Nebel, grau und bleich,
Glühet, Amethysten gleich,
Im West auf Bergen, die sein Flor umzieht,
Wenn Sonnenuntergang
Sein schneeig' Kleid durchdrang.

Der Erdball.

Und ach! es weint der matte Tag,
　　Der noch nicht scheiden mag.
O sanfter Mond, die Luft, die dir entquillt,
Sie trifft mich, wie dein Licht, das klar und mild
In lauer Sommernacht den Seemann leitet,
Der zwischen ewig stillen Inseln gleitet.
O holder Mond! dein Laut, hell wie Kryhstall,
Dringt in die Höhlen meinem stolzen All
Und dämpft der Tigerfreude wilden Flug,
Die ungeberdig mir im Jubelschall
　　Balsambedürft'ge Wunden schlug.

Panthea.

Dem Strom der Klänge hier entsteig' ich nun,
Wie einem Bade funkelnder Gewässer,
Wie einem Bade von azur'nem Licht
Inmitten dunkler Felsen.

Jone.

　　　　Süße Schwester!
Der Strom der Klänge ebbte weg von uns,
Aus seinen Wellen glaubst du nur zu steigen,
Weil deine Worte fallen gleich dem Thau,
Dem klaren, milden, den die badende
Waldnymphe sich von Haar und Gliedern schüttelt.

Panthea.

Still! eine Macht, graus, wie die Finsterniß,
Steigt aus der Erde auf und schauert nieder
Vom Himmel, wie die Nacht; und aus der Luft
Bricht wie Verfinst'rung sie, die eingesogen
Ward von den Poren rings des Sonnenlicht's.
Die herrlichen Visionen, d'rin die Geister,
Die singenden, geschwebt dort und geglänzt,
Sie schimmern nur, wie bleiche Meteore
Durch nebelfeuchte Nacht.

Jone.

　　　　's ist ein Gefühl,
Als ob da Worte klängen an mein Ohr.

Panthea.

Ein Klang des All's, gleich Worten ist's — o horch!

Demogorgon.

Du Erbe! — einer sel'gen Seele Reich,
Voll von Gestalten, hehr und göttergleich!
Du schöner Stern, voll süßer Harmonie'n,
Einsaugend Liebe nur im Weiterziehn,
Die deinen Pfad besä't durch's Himmelsblau!

Der Erdball.

Ich hör' — ich sterb' vor dir — ein Tröpfchen Thau!

Demogorgon.

O Mond, der du die Erd' anstaun'st, wie sie
Bewundernd ihren Blick zu dir erhebt,
Indessen Mensch und Thier und All was lebt,
In euch bewundert Glanz und Harmonie!

Luna.

Ich hör': ein schwankes Blatt, das vor dir bebt.

Demogorgon.

Ihr Könige der Sonnen und der Sterne
Aether'sche Herrscher, Götter und Dämonen,
Die in elysisch sel'gen Räumen wohnen,
Weit hinter dieses Himmels stern'ger Ferne.

Eine Stimme von oben.

Es hört die große Republik! herauf
Tönt Segen uns und wir — wir segnen wieder!

Demogorgon.

Ihr sel'gen Todten, denen Strahlengarben
Nur Wolkenschleier sind — nicht bunte Farben,
Ob die Natur euch noch dieselbe sei,
Die ihr gesehn einst und erduldet —

Eine Stimme von unten.

Ob vorbei
Wir zogen und ob auch verwandelt wir,
All denen gleich, die wir verlassen hier —

Demogorgon.

Ihr Elementengeister, die ihr wohnt
Allüberall — im Geist der Menschen thront
Und lebt im dumpfen Blei — im Sternenzelt
Und in dem Unkraut, d'raus der Wurm erhält,
Der niedrige, die Nahrung sein —

Eine verworrene Stimme.

Wir hören!
Du kannst vom Schlafe das Vergessen stören!

Demogorgon.

Ihr Geister all, die ihr im Fleische lebt!
Ihr Thiere alle, — Vogel, Fisch und Wurm;
Ihr Knospen und ihr Blätter — Blitz und Sturm,
Ihr ungezähmten Heerden, die ihr schwebt
Als Meteore in des Himmels Feldern!

Eine Stimme.

Dein Wort ist Windhauch uns in stillen Wäldern!

Demogorgon.

Mensch! Der ein Sklave war und ein Despot,
Der selbst betrogen ward und Täuschung bot!

Alle.

Sprich! Möge nimmermehr dein Wort vergehn!

Demogorgon.

Dies ist der Tag, da durch des Menschen Macht
Des Himmels Thrannei der Abgrund schlang!
In Ketten seufzt der Unterdrücker bang,
Vom Throne, wo geduldig sie gewacht,
In weisen Herzen, nach der letzten Stunde

Schmerzvollen Duldens, hart am Schlunde,
Steigt Liebe auf, heilkräftig zu umschlingen
Die ganze Welt mit ihren sanften Schwingen.

Geduld und Tugend, Weisheit und Verstand,
Die Siegel sind's, die ewig festgebannt
Des Abgrund's Macht, die uns zerstören sollte.
Und wenn mit greiser Hand die Ewigkeit,
Die Mutter mancher That und Stund' befreit
Die Schlange, die uns fest umschlingen wollte, —
Die Zauberkräfte sind's, die das Verhängniß
Auf's neue stürzen sollen ins Gefängniß.

Zu tragen Leid, das ihr unendlich meint,
Der Macht zu trotzen, die allmächtig scheint,
Unrecht verzeih'n, das schwarz wie todt und Nacht,
Und lieben, hoffen, bis der Hoffnung Kraft
Aus ihren Trümmern das Ersehnte schafft,
Nicht straucheln, schwanken, nicht der Reue Macht
In müß'ger Thränenfluth den Nacken biegen, —
Gleich deinem Ruhm, Titan, heißt dies allein
Gut, groß und frei und schön und freudig sein,
Ja dies allein heißt leben, herrschen, siegen!

www.ingramcontent.com/pod-product-compliance
Lightning Source LLC
Chambersburg PA
CBHW032012010726
47493CB00007B/2371